〖中华诗词存稿·名家专辑〗
中华诗词学会 编

梁东诗词选

梁东 著

中国书籍出版社
China Book Press

图书在版编目（CIP）数据

梁东诗词选 / 梁东著 . -- 北京：中国书籍出版社，2019.9

（中华诗词存稿）

ISBN 978-7-5068-7335-2

Ⅰ.①梁… Ⅱ.①梁… Ⅲ.①诗集—中国—当代 Ⅳ.① I227

中国版本图书馆 CIP 数据核字 (2019) 第 129480 号

梁东诗词选

梁东 著

责任编辑	王星舒
责任印制	孙马飞　马　芝
封面设计	采薇阁
出版发行	中国书籍出版社
地　　址	北京市丰台区三路居路 97 号（邮编：100073）
电　　话	（010）52257143（总编室）（010）52257140（发行部）
电子邮箱	eo@chinabp.com.cn
经　　销	全国新华书店
印　　刷	北京虎彩文化传播有限公司
开　　本	710 毫米 ×1000 毫米 1/16
字　　数	200 千字
印　　张	17
版　　次	2019 年 9 月第 1 版　2019 年 9 月第 1 次印刷
书　　号	ISBN 978-7-5068-7335-2
定　　价	268.00 元

版权所有　翻印必究

《中华诗词存稿》编委会名单

顾　　问： 郑欣淼　郑伯农　刘　征　沈　鹏
　　　　　葉嘉莹

编　　委：（按姓氏笔画排序）
　　　　　丁国成　王　强　王改正　王德虎
　　　　　刘庆霖　吕梁松　李一信　李文朝
　　　　　李树喜　陈文玲　张桂兴　范诗银
　　　　　欧阳鹤　杨金亭　林　峰　罗　辉
　　　　　周兴俊　周笃文　宣奉华　赵永生
　　　　　赵京战　钱志熙　晨　崧　梁　东
　　　　　雍文华

主　　任： 范诗银

副 主 任： 林　峰　刘庆霖

执行主编： 吕梁松　王　强　李伟成

秘　　书： 李葆国

作者简介

梁东，1932年5月生于安徽省安庆市。曾任中国文联全国委员、中国作家协会全国委员、中国书法家协会理事、中华诗词学会常务副会长、《中华诗词》社社长。

中华诗词学会顾问、中华诗教委员会常务副主任、北京世纪名人国际书画院副院长、中国煤矿作家协会名誉主席。

1953年毕业于中国矿业学院，曾任煤炭工业部办公厅主任、计划司司长等职。

曾任中国煤矿文联主席、中国煤矿书法家协会主席。

出版有《梁东自书诗词选》、诗集《好雨轩吟草》、散文集《家住长江边》、综合艺术作品集《开窗放入大江来》及《梁东论诗文丛》等。

总　序

　　我们这个诗歌大国有一个很好的传统,历来注重"采诗"、搜集整理诗歌材料。作为唯一的全国性诗词组织的中华诗词学会,自1987年5月成立以来,就十分重视这项工作。学会每年的学术研讨会和历届"华夏诗词奖",都出版论文集和获奖作品集。纪念学会成立二十年、三十年时,还专门编辑出版了《大事记》《论文选集》《诗词选集》。《中华诗词》创刊以来,每年都制作年度合订本。2007年5月,在北京天识东方文化艺术传播有限公司的资助下,以近代以来诗词创作、诗词理论、诗词运动重要文献汇编,当代名家个人作品专集等为主要内容,出版了《中华诗词文库》。经过十来年的编辑整理,已经出了近百卷。这些诗集、文集的出版,记录了近百年来尤其是改革开放四十多年来,中华诗词从起步、复苏走向复兴的砥砺前行的历程,为近、当代诗歌史的撰写准备了丰富的资料。

　　党的十八大以来,中华民族优秀传统文化重新受到应有的重视。习近平总书记《念奴娇·追思焦裕禄》词和《军民情》七律的相继发表,引领中华大地诗潮滚滚而来。《中共中央关于繁荣发展社会主义文艺的意见》和中办、国办《关于实施中华优秀传统文化传承发展工程的意见》,都明确提出"加强对中华诗词、音乐舞蹈、书法绘画、曲艺杂技和历史文化纪录片、动画片、出版物等的扶持。"国家教育部组织制定由中华诗词学会起草的新中国语言体系中的新韵书《中华通韵》已经通过国家语言文字工作委员会语言文字规范标准审定委员会审定，即将颁布全国试行。这些都使我们真切地感受到，中华诗词的春天真的到来了。诗人们乘着骀荡春风，正以高昂的激情，书写着中华民族伟大复兴的新时代、新史诗，国家富强、民族振兴、人民幸福的中国梦；正以与人民同呼吸、共命运的诗人之心，对人民的欢乐、人民的忧患、人民的情怀给以诗意的表达；正以"美"或"刺"的诗人之笔，对市场经济大潮中人民对幸福生活的期待，对美好未来的希望，对假丑恶的深恶痛绝，或给以方向，或给以赞美，或给以鞭挞。正如习近平总书记所指出的："好的文艺作品就应该像蓝天上的阳光、春季里的清风一样，能够启迪思想、温润心灵、陶冶人生，能够扫除颓废萎靡之风。"

当前，传统诗词创作者和诗词爱好者队伍发展迅速，已超过三百万。每天创作的诗词作品超过唐诗、宋词、元曲的总和。诗词评论研究队伍也成长很快，诗词评论、诗词学、诗词创作理论研究成果丰硕。如何从浩如烟海的诗词作品中"淘"出优秀作品，并使之存下来、传下去，如何使诗词研究理论成果"面世"并发挥应有的指导作用，确实是摆在我们面前的无可回避的一个重要课题。中华诗词学会是一个没有国家编制，没有国家拨款的社会团体，事业的运转主要靠社会赞助和会员费支撑。俊识（北京）文化传媒有限公司总经理吕梁松、北京采薇阁总经理王强，两位一直是对中华传统文化情有独钟的热心人，慷慨解囊，愿意同中华诗词学会一起，搜集整理编辑推出《中华诗词存稿》这套书，共同为中华诗词文化的继承和发展，做成这件十分有意义的事情。

《中华诗词存稿》主要搜集整理出版三部分内容的资料：一是当代诗词名家的个人作品集；二是当代诗词评论家、诗词学者的学术著作集；三是当代诗词作品、诗词理论学术成果阶段性、专题性、地域性的集成类作品集。诗词作品强调精品意识，沙里淘金，把"有筋骨、有道德、有温度"的优秀诗词作品搜集起来。诗词评论、研究类资料强调理论性和创新性，应具有鲜明的个性特点，具有创建性的见解。集成类的资料应有一定的史料保存价值。总之，做成一套具有当代价值和历史意义的好书。在此，我们编委会人员，向提供资料、筛选编辑、版面设计、校对勘误，包括所有为这套资料付出辛勤劳动的同志们，表示真诚的谢意！

郑欣淼
二〇一九年七月于北京

序

　　中华诗词学会于1987年成立，我被选为副会长，因而多年来参加学会组织的全国性诗词活动比较多，结识了不少诗友，梁东先生就是其中一位知音。

　　梁东曾任煤炭工业部办公厅主任、计划司长和中国煤炭文联主席、中国文联全国委员、中国作协全国委员等职，够忙的，所以在上世纪90年代早期才光临中华诗词学会；可他一来便身手不凡：发言则神采飞扬，语惊四座；办事则干练精明，稳操胜券。学会当时还处于"三无"状态，他居然能拉来赞助，缓解困难，并使《中华诗词》得以在1994年创刊，并亲任社长。此后，学会常务副会长的重任，便落在他的肩上。数年以后，他辞掉常务副会长而专心抓诗教，诗教工作便在全国范围蓬勃开展，成绩斐然，有口皆碑。

　　梁老待我特好。我老态龙钟，他行动敏捷，每遇我身临险境，他便过来扶我一把，并且说："有子龙在，料也无妨！"。他颇像子龙，却远胜子龙。因为子龙还有赖于军师的锦囊妙计，他则合子龙和卧龙为一，是难得的全才。我看过一份材料，说梁老"集工程技术、经济管理和文化艺术于一身"，这是准确的。他在煤炭工业战线工作四十多年，多有建树，发挥了他在工程技术和经济管理方面的特长。他是书法家，荣任中国书协理事和中国煤矿书协主席，其雄强豪放的书风已得到普遍赞扬。他既从事传统诗词创作，又从事新诗和散文创作，都有不少佳作问世。因而在中国文联、中国作协和中华诗词学会都占有相应的位置。他还是一位卓越的戏曲艺术家，听他唱京戏、唱昆曲，那真是一种高层次的艺术享受。如果高夫人偕行，听老两口唱"夫妻双双把家还"更令人陶醉不已，"三月不知肉味"。我近来读他的诗词，情动于中，口占四句：

和谐社会乐融融，诗化神州兴未穷。
愿献歌喉吾老矣，遏云高唱羡梁东。

因为作为戏曲艺术家的"遏云高唱"，也从他的诗词佳作中表现出来了。

人们发现，这一切都有一个源头，那就是中华传统文化。几十年的工业经济管理工作他常常不经意地渗入许多中华文化理念。企业文化工作是不久前兴起的，他也驾轻就熟，如鱼得水。极左时期，他为了避开"四旧"和"不务正业"这类帽子，往往半夜临帖，诗词上偶有所得，也只是记在本子上，从不示人。改革开放，他从"地下"冲出地面，一发不可收拾。这被他的朋友称为"梁东现象"，其实是一种文化现象。如同上世纪留学归来的许多专家，不管他们专攻何种科学，都有深厚的国学基础。这说明，中华传统文化的海水深沉而富于营养。一旦临其渊而畅其游，就会乐不思返，受用终身。梁老生于桐城文化的发祥地，义理、考据、词章之学，与诗友们同受沾溉。

这可能就是他对中华文化在基本观念、特别是情感上的一种奠基。几十年来，他都是深怀敬畏之心和感恩之心来面对中华传统文化的。诗词，他以严谨的态度对待继承，投入创作，又以义无反顾、无怨无悔的精神投身于诗教，做了许多开创性的工作。这一切，人们都可以从这里找到源头。他把这些，都看作是民族精神家园的回归。他是这种回归的践行者。他经常强调的是，中国人应当在全球意识的延伸中找准自己的时代定位，在民族意识的回归中守护自己的根本。因此，尽管有许多头衔，在不同领域作过许多贡献，然而就其本质，他是人文意义上的文化人。更确切地讲，中华文化人。这是我对梁老的基本了解。

梁老是人们常说的那种性情中人。

我想，这种性情集中表现在中国知识分子的那种精神气质。民族精神、爱国主义、刚正不阿、赤子情怀等人文精神，在他身上都有明显的体现，也都反馈在他历年的诗词作品之中。

正气，是他的诗的基调。涉及国家前途、民族命运、国际风云、人生志向、捍卫中华传统文化等重大主题的作品，如十四年抗战、十年浩劫、忧患意识、民族情怀等等，他的诗词大都大声镗鞳，正气凛然，像是一首一首的正气之歌。如建国50周年、抗日战争胜利60周年，以及涉及孔子文化等重大题材，他不是以"时效"的应景之作对待，而是发自心灵深处，从胸膛喷涌出一股热血，淋漓以对。

阳光，是近代的新概念，而用以形容梁东诗词的主旋律，却十分适合。诗如其人，梁老以积极的、入世的精神面对人生，当然也以同样的心态面对诗的创作。在他的诗里看不到颓丧、悲观、失望与放弃，而是充满了乐观与信心。近年国人遇到的危难不可谓不多。洪水、"非典"、冰冻、地震，在他的笔下，我们看到的是进取的精神，必胜的信念，希望的田野，以及对这些精神的满腔热情的讴歌。"非典"后期，他有一首《端阳——喜见疫情零报告》。雨过天晴，我们还可以在字里行间感受到他对生活的热爱和对新生活的憧憬。我为他的这首诗所感染，曾通过长途电话对诗的创作思想和技巧同他作过一次深入的探讨。罕见的冰冻灾害袭来，他写了《冰雪五章》，他笔下的电工是"高奏横天弹拨声"，"传令三军三万里，接通十亿上元灯"。汶川地震痛定之余，面对灾区大地的连片帐篷，他眼前是《帐篷绿洲》，笔下是"门庭共对关山月，心志同依风雨舟"，透过画面，展现的是"一阵弦歌回故野，无边稼穑起神丘"。感奋之情无疑会深深地感染别人。有人称梁东为"健笔诗人"，我想这和阳光是完全一致的。

  梁东诗词还有一个重要的特色，那就是鲜明的时代精神。他一直认为，中国诗歌传统的艺术魅力，已为中国人几千年的生活实践所一再证实。中华诗词正是见证着中华民族的兴衰荣辱，推动着中华民族的前进步伐而发展的。因此，他尊重传统，重视继承。然而，他又十分重视诗词创作的时代性，坚信成熟的传统艺术形式，完全能够为表现今天的生活服务。因此，他不泥古，追求一种鲜活的充满生活气息的创作实践。加上他注重学习和积累，因而，有些诗家评论梁东诗词的面貌是"书卷气和时代精神的契合",正与我的看法相一致。

  我以前曾给老友林从龙、李汝伦等的诗集写过序,所以近年来索序者仍不少,但都未敢从命。年老思滞,深恐佛头着粪,误了吟友们的大事。然而凡事都有例外。如前所说,梁东老友待我特好,大著付梓,甘愿我在佛头上涂抹几笔,以留纪念。只好盥手焚香,竭两日之力勉强完篇,却未能表现梁东其人其诗的风采神韵于万一,实在很抱歉。是为序。

霍松林
2008年重阳节写于长安唐音阁

《好雨轩吟草》序

欧阳中石

梁东先生和我，交往不算频繁，但交情却很深，很厚。在未谋面之前，早是相知已久，正所谓"未见如故"的老朋友了。梁东先生的儿子和儿媳都是我的学生。按梨园界的称呼，我们应互为"亲家"。及至相见之后，在他心中的我，和在我心中的他，都果如知。的确是"天缘相假"，彼此皆引以为幸也。

之所以我们成为了这样的朋友，当然不是无缘无故的，"顺眼"是不在话下的，但，之所以如此"钟情"，则是在许多爱好上的相投。

梁东先生爱好京剧，他有一副好嗓子，音质宽、亮、厚、淳。唱须生，喜杨（宝森）派。我也是一个京剧的爱好者，我对京剧的各个流派都喜欢，对于杨派我更是满怀崇敬的。梁东先生的唱虽不刻意求之，但神韵自在，质朴大方，浑无雕琢气息，格调自然空灵天然。

再一个相投是都爱书法艺术。他的字和京剧一样，并不拘在一家一帖，机杼宛如来之有绪，但又缥渺不可捉摸，然而却止漫无失款之虞，落落天成，确是秉赋与功夫俱来，大方之家的气度。有时聚在一起，听他引吭一曲，淳厚有味，字随腔回，实在是种陶醉。

有以上二者已经足够使我们成为"知音"的了，然而，现在我还要说，他还是一位文心雕龙的诗人。他是学工的，几十年倾注心血于经济工作岗位上，却同时也是一位用心血来写诗的人。难能可贵之处在于他多年担任国家煤炭部计划、财务、教育等司的司长和办公厅主任等繁重的业务工作，却能笔耕不辍，收获颇丰。先是，他出版了一本《梁东自书诗词选》，那是他书法和诗词的结晶。现在，他又把名为《好雨轩吟草》的诗词手稿摆在我的面前。我乍见之下，如获至宝，一口气读下去，愈读愈觉清新可喜，韵律铿锵，朗朗上口。最难得的是他把一些新的语词镕铸在严谨的格律之中，极尽洗练之致，毫无生硬之嫌。尤其把一些外国音译名词掺杂其内，一点也不格生，非常能见出他遣词炼句之功力，特别是炼得自然顺适，洵非易事。

他在埃及金字塔前的即兴绝句"可怜十万沙中骨，应是当年垒石人"，言词多么浅近，意义多么深刻，是唐人的风韵，但无套用之痕迹，因为和意义的深邃契若天合。

他的词，我最心折。因为我写的词就不能读，其中句子，五言的像五言诗，七言的像七言诗，长长短短的句子像散曲，反正不像词，所以我总觉得词最难写。而梁东先生的词却那么像词。他《忆秦娥》上阕的"云天雾，尼罗河畔金沙路。金沙路，风光万顷，请君留住。"的确轻松自然，明白如话，但又融情入律。读后深为钦服，自愧弗逮，在心里更增加了对他的崇敬之情。

梁东先生，他有一种敏锐的灵感，他能随时随地发生对所目睹的事物的感受，所以他的诗是他生活的记叙。他有一颗热爱生活的赤子之心，在他的诗里充满了对生活的热爱。他不是多愁善感，而有的是洋溢的热情，他不是为了作诗而强作多情，强附风骚，而他是坦坦荡荡的真情流露。他的诗会使人获得欢快，受到感染，得到鼓舞。

我现在悟出了一个问题，从梁东先生的"戏"到他的"书"和他的"诗"，虽然是三个不同的方面，但它们的背后都是源于一个轴心的，那就是梁东先生自身的学识、修养、品格、情趣的一颗晶莹无瑕的灵犀。正是因为如此，它们是同步的统一的，高度是常人所不及的。但是我觉得梁东先生的才华还没有得到尽情的展现，从他的笔姿看，从他的才情看，他还都没有充分地抒发，正所谓"初现辞锋蕊欲开"，既"欲"开，便是犹"未"尽开。我想深蕴在灵犀中的睿智才思随着他岁月的积淀必将有更璀灿的珠玑展现在我们的眼前，我们会得到更大的快慰，我热切地期待着，期待着……

目　录

总　序 …………………………………………… 郑欣淼 1

序 ……………………………………………… 霍松林 1
《好雨轩吟草》序 ……………………………… 欧阳中石 1

杏花村秋兴八咏 ………………………………………… 1
接读沈鹏兄《检点旧作》次韵奉和 …………………… 3
点塑成金 ………………………………………………… 4
　　——喜见"工程塑料"赛过"钢铁大王" ………… 4
长寿石前 ………………………………………………… 4
陈去病故居有作 ………………………………………… 5
国庆六十周年阅兵感怀 ………………………………… 5
附：沈鹏写于2009年8月《近作六首》之一《检点旧作》 … 5
庄严先生《蜻水龙山居吟草》付梓，诗赠，并书 …… 6
《杨叔子槛外诗文选》面世，写评论文章
　　《居高声自远，非是藉秋风》，意犹未尽，赋七律 … 6
朱家角诗稿 ……………………………………………… 7
　　（一） ……………………………………………… 7
　　（二） ……………………………………………… 7
　　（三） ……………………………………………… 7
　　（四） ……………………………………………… 8
南风咏——致南风词社 ………………………………… 8

和欧阳鹤《八十抒怀》	8
附：欧阳鹤《八十抒怀》	9
和钟家佐《八十初度》	9
附：钟家佐《八十初度》	9
广西苍梧县石桥镇获"诗词之乡"称号，前往授牌，诗贺	10
再访吴江垂虹桥遗址	10
参观南通中国珠算博物馆	11
石河子诗词学会廿年	11
赠炳烛诗书画联谊会	11
国庆六十周年	12
周克玉将军赠新著《新羽飞絮》，有诗以奉	12
游海棠花溪	12
洛阳看花四题	13
（一）	13
（二）	13
（三）鹧鸪天·白牡丹	13
（四）	14
浙江经济职业技术学院三十年校庆有寄	14
题《黄山诗钞》——赠芜湖县林业局吴浪风	15
赠刘文芳，题《未了情》	15
曹州牡丹书画	15
读《杏花村诗词》感赋	16
赠岳宣义将军	16
赞"汲泉斋"诗教	16
读顾骧《蒹葭集》有赠	16
大寒日接嘉善西塘贺岁图片，欣见柳丝摇动，感奋而作	17

元日答吴川凌世祥	17
接匹兹堡阚家蕻、谢觉民伉俪贺岁函及照片，写七律以呈	17
致江西蔡正雅	18
赠老友梁海	18
西塘王亨贺岁，有感于金刀柳色，再奉绝句	18
悼戴云蒸老	18
和王莲芬大姐《七律》	19
附：王莲芬诗	19
读《白雪黑土歌》	19
迎春漫兴二首	20
读秦勤《浪淘沙·高三夜读》并贺其母黄小甜"满堂诗家"接力有人	20
冰雪五章	21
交警	21
电工	21
煤矿工人致电网工	21
等待	21
有感	22
山水有清音——并和刘柏青七律	22
当阳玉泉寺三首	22
川行绝句十五首	23
三星堆	23
通天神树（三星堆）	24
太阳神鸟（金沙遗址）	24
三苏祠	24
广安渡口	24

乐　山 ……………………………………………… 25

　　峨眉山 ……………………………………………… 25

　　青城山 ……………………………………………… 25

　　都江堰 ……………………………………………… 25

　　浣花溪（杜甫草堂） ……………………………… 26

　　武侯祠 ……………………………………………… 26

　　翠云廊古柏（剑阁） ……………………………… **26**

　　剑门关 ……………………………………………… 26

　　窦圌山（江油） …………………………………… **27**

　　赠成都友人 ………………………………………… 27

鹧鸪天·鹤鸣山 ………………………………………… 27

紫笋茶吟五首 …………………………………………… 28

抗震组诗 ………………………………………………… 29

　　忆秦娥 ……………………………………………… 29

　　寄汶川 ……………………………………………… 29

　　下半旗——写在汶川大地震哀悼日 …………… 30

　　帐篷绿洲·晨起，荧屏喜见"帐篷绿洲"，感奋而作…… 31

　　含泪和杨学军《哭北川诗社遇难吟友》 ……… 32

榆社风云 ………………………………………………… 32

为太原三十七中桃李诗社题…………………………… 32

鹧鸪天·锦绣商城 ……………………………………… 33

奉和柏扶疏 ……………………………………………… 33

临池感言 ………………………………………………… 33

二上明堂山 ……………………………………………… 34

　　葫芦潭瀑布 ………………………………………… 34

　　马尾瀑 ……………………………………………… 34

贺南京江城诗社二十周年…………………………………… 34
衢州孔府南宗……………………………………………… 34
宣州书家惠赠张苏制笔，戏赠…………………………… 35
戊子暑伏喜闻贵州省大中学生第二届诗词大赛启动…… 35
赠榆社孙国祥兼贺其《岁月如歌》付梓………………… 35
南乡子·潞安州…………………………………………… 36
清平乐·刮目看潞安……………………………………… 36
王玉明院士连续发来百首绝句咏清华之荷塘，有复…… 36
海上听奥运战报…………………………………………… 37
咏泰宁……………………………………………………… 37
　　水上丹霞…………………………………………… 37
　　丹　崖……………………………………………… 37
　　通天碑……………………………………………… 37
　　紫阳画院有赠……………………………………… 38
　　穴　居……………………………………………… 38
　　丹霞水……………………………………………… 38
　　天　书……………………………………………… 38
　　新上河图…………………………………………… 39
　　甘露寺……………………………………………… 39
乡友罗本隆八十寿………………………………………… 39
周克玉上将赠大著《战地雪泥》，有作………………… 39
踏莎行·赠"一粒珠"紫砂壶制作者张子威………………… 40
浪淘沙·重阳赠陆希贤大夫……………………………… 40
登盖州钟鼓楼……………………………………………… 40
望儿山四望………………………………………………… 41
辽东杂咏…………………………………………………… 42

（一）	42
（二）	42
西江月赠扬州熊百之	42
藤州行三首	43
四赠苍梧东安农民诗社	44
贺州姑婆山	44
万安渡口（和张道劝步原韵）	44
会南英社诗友游晋江洛阳桥	45
为固镇县书协成立赠诗	45
赠长春友人	45
赠扶沟王勇智	46
致侯孝琼	46
赠澳门豆捞（豆老）自度曲	47
鞠国栋八十寿	47
应友人之约，为盘石砚（天坛砚）题句	47
观西塘王亨先生木刻写柳	48
醉"醉菊斋"——访鞠国栋有赠	48
老君山	48
鸡冠洞	49
鹧鸪天·贺业琼妹自马里万里归来	49
满庭芳诗剑人生——叶剑英诞辰一百一十周年	49
满目青山赞	50
赞顺德坤洲小学诗教	50
中国煤矿文工团成立六十周年	50
旅法诗钞	51
鹧鸪天·四度巴黎	51

巴黎感事 …………………………………… 51

　　点绛唇·无题 ……………………………… 52

　　枫丹白露 …………………………………… 52

　　课二孙读诗二首 …………………………… 53

　　咏枫丹白露泉 ……………………………… 53

　　西江月·庭院深深 ………………………… 54

　　普罗万 ……………………………………… 54

　　鹧鸪天·二孙 ……………………………… 55

　　十六字令·悠（十首） …………………… 55

　　男儿当自强 ………………………………… 57

　　诺曼底美军公墓听军号声声 ……………… 58

　　居法国友人庄 ……………………………… 59

　　鹧鸪天·梨花院落 ………………………… 59

　　鹧鸪天·圣米歇尔山 ……………………… 60

　　浪淘沙·诺曼底美军墓 …………………… 60

　　别友人庄 …………………………………… 61

太白山组诗 ……………………………………… 61

　　太白山 ……………………………………… 61

　　鹧鸪天·"铜墙铁壁" ……………………… 62

读《王玉明诗选》 ……………………………… 62

贺春华诗社二十年 ……………………………… 62

泼墨山二首 ……………………………………… 63

贺谭国宁全家诗集《满堂吟草》面世 ………… 63

一剪梅·赠博里农民诗家 ……………………… 64

武夷山九曲溪 …………………………………… 64

怀念刘向三同志 ………………………………… 64

镇江诗词学会成立二十周年……………………………… 65
西江月·致武汉程良骏教授…………………………… 65
花都漫韵………………………………………………… 65
  （一）……………………………………………… 65
  （二）……………………………………………… 66
  （三）……………………………………………… 66
乙酉岁阑赠家乡父老…………………………………… 66
满庭芳·韩文公墓前…………………………………… 67
钦州绝句………………………………………………… 67
  冯子材故居上马石………………………………… 67
  刘永福将军礼赞…………………………………… 67
  三娘湾感怀………………………………………… 68
  八寨闲咏…………………………………………… 68
芜湖礼赞………………………………………………… 68
石钟山感怀……………………………………………… 69
边塞诗研究会成立十周年……………………………… 69
题广西防城港市那良中学抗日烈士纪念碑…………… 69
车过苍梧，寻石桥镇探访东安（农民）诗社………… 70
蚁阵行…………………………………………………… 70
长沙即兴………………………………………………… 71
"明堂天子"礼赞………………………………………… 71
"江湖锁钥"……………………………………………… 72
湖口归来，停车武昌湖畔，食田家饭………………… 72
唐槐诗社三周年………………………………………… 72
赠九十泳叟黎丁………………………………………… 73
有感于杨叔子院士诗…………………………………… 73

母校安庆一中百年华诞	73
泰山颂	74
南乡子·中国龙岩两岸诗家团聚	74
连城四堡雕版印刷	74
永定土楼有感	75
浣溪沙·上杭华南虎园	75
广西桂平龙潭	75
浣溪沙·金田村太平天国遗址	76
画堂春·大藤峡	76
首途容州	76
玉林云天文化城见阿里山桧木巨型桌案口占	77
三赠石桥镇东安农民诗社	77
无题——和钟家佐诗	77
"多枝尖"	78
赠梨园春酒厂	78
附：钟家佐诗	78
赠唐槐诗社戴云蒸老	79
西江月·赠俞乃蕴	79
赠温祥	79
博雅苑感怀	80
为明堂诗社《晓钟集》题	80
赠铜陵五松山诗社	80
抗日战争胜利六十周年感赋	81
（一）	81
（二）	81
为《黄兴颂》诗词集而作	81

满江红·芷江受降城 …………………… 82
云台山红石峡 ………………………… 82
为《春天的故事》作 …………………… 83
致杨叔子院士 ………………………… 83
南歌子·千岛湖秀水节 ………………… 83
小田风烟 ……………………………… 84
诗教苏北行 …………………………… 84
  滨海 ……………………………… 84
  盱眙 ……………………………… 84
  南乡子·淮河风光带诗墙 ………… 84
  咏盱眙诗教 ……………………… 85
  城南社区诗社感怀 ……………… 85
  长相思·咏盱眙 …………………… 85
  状元桥 …………………………… 85
  城南诗社有赠 …………………… 86
有感于"中国电影百年",以"定军山"为首部……… 86
茶——赠"岳西翠兰" …………………… 87
  (一) …………………………… 87
  (二) …………………………… 87
  鹧鸪天·呼唤岳西翠兰 …………… 87
  浣溪沙·采茶 ……………………… 88
  天净沙·煎茶 ……………………… 88
东源撷秀 ……………………………… 88
  东江画廊 ………………………… 88
  万绿湖抒怀 ……………………… 88
苏家围二首 …………………………… 89

繁昌诗稿 …………………………………………… 89
  马仁奇峰 ………………………………………… 89
  浪淘沙·长江板子矶 ……………………………… 90
  峨　桥 …………………………………………… 90
兰亭组诗 …………………………………………… 90
  万顷烟波 ………………………………………… 90
  心事拿云 ………………………………………… 91
山阴畅想曲 ………………………………………… 91
王羲之故里 ………………………………………… 93
鹧鸪天·贺铜都建安小学获"诗教先进单位"
  称号兼致铜陵诗词学会 …………………………… 94
渔洋博浪（古风体）——纪念王渔洋诞辰370周年 …… 94
老友孙容八十华诞 ………………………………… 95
浪淘沙·和吴寿松、王澍诗家 ……………………… 95
淮安市尚云为《淮阳菜谱诗词选集》索句，戏为五绝 … 95
长相思·百年小平 ………………………………… 96
  送　别 …………………………………………… 96
   （一） ………………………………………… 96
   （二） ………………………………………… 96
   （三） ………………………………………… 96
  百　年 …………………………………………… 97
   （四） ………………………………………… 97
   （五） ………………………………………… 97
   （六） ………………………………………… 97
  永　生 …………………………………………… 98
   （七） ………………………………………… 98

（八）	98
（九）	98
鹧鸪天·凉都六盘水	99
凉都乐	99
泥河湾人类遗址	99
一剪梅·鄂温克	100
黑龙江望奎县获"诗词之县"称号，前往授牌并赠诗	100
丹顶鹤——赠马国良	101
西江月赠高中同窗吴当时	101
高扬文同志逝世周年祭	101
孟母颂·全国书法家作品邀请展	102
一剪梅·大观楼	102
鹧鸪天·峄山石钟	102
鹧鸪天·中线南水北调陶岔渠首	103
挽韶关诗人梁常宗兄	103
咏兰	103
安庆长江大桥通车	104
七律	104
一剪梅	104
战瘟神——献给医护工作者	105
蜗居——写于"非典"肆虐时	106
端阳——喜见"非典"疫情"零"报告	106
沧浪诗社	106
祁连山	107
纪念聂绀弩百岁诞辰	107
题汉画象石	107

咏泰山	108
"相约彩云南"当代书画名家邀请展有作	108
赠岳西明堂诗社	108
阳江诗词现象四绝句	109
庐州诗词学会十周年	110
系念繁昌	110
凤凰吟六首	110
凤凰城	110
雪峰山	111
走近凤凰	111
沱江	111
一剪梅·沱江吊脚楼	111
踏莎行·南国长城	112
有感于巴黎智者之声	112
南乡子·三衢	113
纪念岳飞诞辰九百周年	113
广西十万大山三首	113
西江月十万大山	113
石上根缘	114
一剪梅·石头河	114
长相思·越南下龙湾三首	114
福建海安秋园诗社成立八十周年	115
东坡赤壁二首	116
焦裕禄诞辰八十周年	116
江南吟	117
登落鹤山（东阳）	**117**

横店（东阳）	117
南北湖（海盐）	117
海盐极目	118

敬亭山（宣城） ... 118
坐拥翠亭，饮"敬亭绿雪"	118
太白独坐楼	118
渔歌子敬亭山	119

江南第一漂二首 ... 119

赤壁绝句六首 ... 120
古战场	120
拜风台	120
翼江亭	120
望江亭	120
凤雏庵	121
陆水湖	121

鹧鸪天·桃花潭 ... 121

满庭芳·万柳堂前 ... 122

金都吟稿 ... 122
阿城（上京会宁府古城）	122
依兰五国头城遗址	123
金太祖陵台	123

西江月·过当阳桥 ... 124

题医界友人《春晖寸草集》 ... 124

贺启功老九十华诞 ... 124

碰头吟 ... 125

题鞠国栋醉菊斋 ... 125

鹧鸪天·多景楼怀米公 125
为扬中市授"诗词之乡"牌并赠诗 126
无　题 126
谒赵朴初陵园 126
赠老友原海军航空兵政委单大德 127
二〇〇一年春节看望臧克家老人 127
林声先生赠画《老梅》 127
题宿松国家森林公园 128
赠河南诗词学会三次代表大会 128
镇江吟 128
  芙蓉楼 128
  古西津渡口 129
  镇江文苑 129
赠江苏吴江博物馆 129
燕伋望鲁台 129
黄梅咏 130
  黄梅流响 130
  四祖寺千年古柏 130
  "挪园青峰"茶 130
亳州花戏楼有作 131
西江月·瘦西湖 131
香茗山 131
题《换杆集》 132
赠台儿庄区教委 132
西江月·申奥成功感赋 132
月是故乡明 133

赠苍梧石桥东安（农民）诗社 ········· 133
为东坡终老常州九百周年作 ········· 133
新郑古枣园 ························· 134
鹧鸪天·轩辕故里感怀 ··············· 134
题南京甘熙故居 ····················· 134
赠江宁金箔厂加工金箔女工 ········· 135
儋州吟草 ···························· 135
    东坡书院感怀 ················· 135
    咏松涛水库 ··················· 135
    东坡书院口占 ················· 136
题平顶山刘芳散文集《绿云何处》 ··· 136
桂林山水礼赞 ······················· 136
独秀峰 ······························ 137
为梅县高级中学诗教叫好 ··········· 137
浪淘沙·灵渠 ························ 137
初中时老师陶芳田新著《千首丹枫回忆录》将付梓，诗呈 138
西夏王陵 ···························· 138
贺兰山西麓南寺 ····················· 138
岳阳楼吟稿 ·························· 138
    登岳阳楼 ····················· 138
水调歌头·岳阳楼 ··················· 139
鲁肃墓 ······························ 139
友人近赴长江源头从事退耕还林工作，遐想入诗 ······· 139
鹧鸪天·过虎门 ····················· 140
咏开平 ······························ 140

开平南楼司徒姓七壮士踞碉楼誓死抗倭，感赋	140
岳阳大桥建成通车	141
常德诗墙赞	141
桃源春早	141
南乡子·桃源行	142
咏　兰——赠冯刚毅	142
题《留兰阁吟草》	142
开封清明上河园	143
自安庆驱车九华山下看望赵恩语、章万福	143
山东峄城万亩石榴园	143
咏紫气轩赠老友王振海	143
旅美阚家蓂大姐诗集付梓，有赠	144
素质教育讲座后，诗赠大学生并作书	144
五丈原	144
贺兰山纪行——献给新世纪	145
望海潮贺兰山	145
沙湖回首	145
沙湖万丛芦苇	146
沙湖红柳	146
十六字令迎春三首	146
咏贵州茅台酒	147
途中赠老友家佐兄	147
咏　竹	148
十年重访曹州，喜逢"农民绘画之乡"揭牌	148
（一）	148
（二）	148

（三）……………………………………………… 148
深圳南山荔枝树下口占……………………………… 149
西江月·赠战地记者王晓珉……………………… 149
国庆五十周年并世纪之交感赋…………………… 149
炳森开车自杨村来送达"世纪颂"诗稿。
　　备新茶伫望，口占一绝……………………… 150
题徐州汉画像石拓片………………………………… 150
南乡子·武汉行……………………………………… 150
天目山四首…………………………………………… 151
　　（一）………………………………………… 151
　　（二）………………………………………… 151
　　（三）………………………………………… 151
　　（四）天目山柳杉……………………………… 151
天台诗草"华顶归云"二首………………………… 152
清平乐·赠定云住持………………………………… 152
云锦秋色二首………………………………………… 153
在昙花亭饮云雾茶…………………………………… 153
鹧鸪天·国清寺……………………………………… 154
浪淘沙·隋梅赞……………………………………… 154
吴中行………………………………………………… 154
　　松陵镇…………………………………………… 154
　　流水人家………………………………………… 155
　　同里秋色………………………………………… 155
　　小镇古韵………………………………………… 155
　　水港人家………………………………………… 156
赠骆鹤………………………………………………… 156

苗培时大众文学创作六十五周年煤矿文学创作五十周年	156
镇江吟	157
广西桂平	157
清平乐·桂平洗石庵	157
汕　头	158
车中即兴感赋	158
（一）	158
（二）	158
（三）	158
（四）	159
（五）	159
七律·早春扬州	159
扬州慢·瓜洲渡口	160
长相思·归来曲	160
（一）	160
（二）	160
（三）	161
（四）	161
（五）	161
（六）	161
（七）	162
（八）	162
西江月·赠老师	162
满庭芳·赠老师	163
长相思·忆老师	163
（一）	163

（二） …………………………………… 163
（三） …………………………………… 164
长相思·回乡五首 …………………………………… 164
长相思·江姗与红星（组歌） …………………………………… **165**
　　（一） …………………………………… 165
　　（二） …………………………………… 166
　　（三） …………………………………… 166
　　（四） …………………………………… 166
　　（五） …………………………………… 166
采桑子·决战 …………………………………… 167
常青树——杨靖宇将军墓前 …………………………………… 167
秋风黄果路 …………………………………… 167
风入松·晴满天池 …………………………………… 168
忆江南·长白月 …………………………………… 168
一剪梅·阳历九月九日登长白 …………………………………… 168
满庭芳·赣州古韵 …………………………………… 169
贺圣朝·赣州浮桥 …………………………………… 169
通天岩石窟 …………………………………… 169
郁孤台 …………………………………… 170
八境台赣江源头 …………………………………… 170
南乡子·寄张家港 …………………………………… 170
改革开放二十周年感赋 …………………………………… 171
欧行诗稿 …………………………………… 171
　　中国书法家代表团访法 …………………………………… 171
　　过阿尔卑斯山 …………………………………… 171
　　观比萨斜塔扶正工程 …………………………………… 171

意大利揽胜 …………………………………………… 172

　　渔歌子·风车村 ……………………………………… 172

　　水调歌头·阿姆斯特丹咏 …………………………… 172

在阿姆斯特丹观赏梵高和伦布朗油画…………………… 173

　　四老西欧七国行 ……………………………………… 173

长相思·香港回归感事三首……………………………… 173

香港回归感赋绝句四首…………………………………… 174

大瑶山风情绝句四首……………………………………… 175

登莲花峰…………………………………………………… 177

广西荔浦丰鱼岩溶洞……………………………………… 177

南乡子·安庆……………………………………………… 178

沁园春·长风沙…………………………………………… 178

中国书法家代表团出访巴西途经洛杉矶登格里夫天文台 … 179

　　里约热内卢欢晤华侨 ………………………………… 179

　　南半球冬季海天 ……………………………………… 179

　　醉花阴·里约马拉干那足球场 ……………………… 179

　　游大西洋安格拉海湾 ………………………………… 180

　　欣逢刘炳森团长六十寿辰，有赠 …………………… 180

赠桂林黄小甜……………………………………………… 180

秋　音……………………………………………………… 180

清平乐·贺中国煤矿文工团建团五十周年……………… 181

南歌子·西双版纳葫芦岛………………………………… 181

题汕头吴钩《斯楼集》…………………………………… 181

登安庆振风塔……………………………………………… 181

厦门吟……………………………………………………… 182

　　（一） ………………………………………………… 182

（二）	182
放舟冠豸山下石门湖	182
过安庆	183
南归路上四首	183
张飞庙杂咏	184
诉衷情·张飞庙	184
七绝	184
五律	184
画堂春·助风阁	185
破阵子·西塞山	185
咏长城	185
咏八公山	186
为台湾诗友举行笔会	186
赠梅县诗社	186
浔阳楼	186
天柱秋色	187
纪念包拯诞辰一千周年	187
亳州地下运兵道	187
诉衷情·悼颂扬	188
西江月·猪年春节寄海外扬儿	188
苏幕遮·广西东兴镇国界桥头缅怀冯子材将军	189
元日怀乡	189
三岭玉芙蓉——为江西上饶三清山碑林题诗	190
题颜真卿纪念馆	190
西江月·五大连池火山熔岩凝成石海	191
皖水吟	191

张恨水先生诞辰百周年	191
临淄齐殉马坑二首	192
七　绝	192
贺圣朝	192
忆江南·贺甲戌菊花全国书画展	192
鸡年感怀	193
妙　桥	193
中国书协端午笔会即兴作	193
兰亭书法节即兴三首	194
九锅箐一日二首	195
咏奉节草堂	195
托孤堂前	196
纪念林散之先生五首	196
颂"三痴"	196
墨水青山	196
古朴纯真	197
江上春秋	197
鹧鸪天·诗魂	197
为相声节而作	197
扬州垂钓	198
安庆黄镇纪念馆三首	198
癸酉年中秋望月偶得	199
尼罗河组诗八首	199
尼罗河怀古	199
金字塔	200
（一）	200

（二）……………………………………………… 200
　　　（三）……………………………………………… 200
　　踏莎行·踏沙行 ……………………………………… 200
　　忆秦娥·金沙路 ……………………………………… 201
　　亚历山大吟 …………………………………………… 201
　　塞得港 ………………………………………………… 201
马来西亚纪行四首 ………………………………………… 202
　　忆秦娥·马六甲风情 ………………………………… 202
　　前调·春离去 ………………………………………… 202
　　南国花事 ……………………………………………… 202
鹧鸪天·骊山遐思 ………………………………………… 203
罗霄山麓——赠江西天河煤矿 …………………………… 203
西江月·贺安庆黄梅戏艺术节 …………………………… 203
日本柳川十二桥三首 ……………………………………… 204
　　（一）………………………………………………… 204
　　（二）………………………………………………… 204
　　（三）鹧鸪天 ………………………………………… 204
考拉即兴 …………………………………………………… 205
中国书法家协会迎鸡年笔会 ……………………………… 205
在布鲁塞尔过中秋 ………………………………………… 205
西江月·西欧喜逢我太西出口煤到港 …………………… 206
五指山途中 ………………………………………………… 206
贵池风情 …………………………………………………… 207
游黄龙而未能登顶，引憾而发 …………………………… 207
采矿五零级同学聚会于徐州感赋 ………………………… 207
九寨沟组诗三首 …………………………………………… 208

诺日朗旅次 …………………………………… 208
　　红豆遐思 ……………………………………… 208
　　九寨水 ………………………………………… 208
戏马台怀古二首 …………………………………… 209
栖霞丹枫——题赠丹霞楼 ………………………… 210
安庆市黄梅戏二团慰问在京老乡，感赋 ………… 210
溪水流霞——赞黄梅戏并赠韩再芬 ……………… 211
水调歌头·寄海峡彼岸表兄 ……………………… 211
渔家傲·沙漠钻塔 ………………………………… 212
张家界纪行三首 …………………………………… 212
　　西江月·金鞭溪 ……………………………… 212
　　鹊桥仙·夫妻岩 ……………………………… 213
　　黄狮寨 ………………………………………… 213
庐山晴雪 …………………………………………… 213
天山风情三首 ……………………………………… 214
　　游天池 ………………………………………… 214
　　天山深处迁牧 ………………………………… 214
　　如梦令·绿染天池 …………………………… 214
大阪吉兆酒家 ……………………………………… 215
咏洛阳街书 ………………………………………… 215
元宵后登衡山 ……………………………………… 215
长江抒怀四首 ……………………………………… 216
　　朝发而不见白帝 ……………………………… 216
　　孔明碑 ………………………………………… 216
　　万县灯火 ……………………………………… 216
　　神女峰 ………………………………………… 217

母校北洋大学觅踪二首·· 217
浪淘沙·母校安庆一中八十大庆································· 218
江城子·怀乡·· 218
蝶恋花·故乡行·· 219
忆秦娥·苏格兰风情·· 219
咏　煤·· 219
会同窗登泰山··· 220
赌城有感——访美诗钞之一······································· 220
登泰山二首··· 221
　　十八盘··· 221
　　磴道千寻··· 221
黄河古渡·· 221
姑苏行·· 222
枫桥夜伫·· 222

后　记·· 223

杏花村秋兴八咏

（一）

树里青帘隐画图，樊川驴背一唏嘘。
郎公收尽烟和雨，满目红霞四库书。

【注】
　　杜牧祖居长安下杜樊乡，因称"杜樊川"。清贵池人郎遂历经十一年编《杏花村志》，被收入《四库全书》，为村志之绝无仅有者。

（二）

露垂高木晓生寒，问水寻山兴未阑。
心有清明杜公雨，黄花都作杏花看。

（三）

烟云深处灿如霞，梦里摇红近酒家。
木落关河秋色染，谁家丹桂满枝桠。

（四）

何来杯酒寄天真？当谢黄垆花墅人。
正是香泉桑柘雨，千年争度一家春。

【注】
《杏花村志》载，黄公酒垆，杜牧清明诗所云牧童遥指处也。相传泉香似酒，汲之不竭。

（五）

牧童巧手绘虹霓，天墨淋漓河汉低。
一指风帘天下醉，千年竞卧夕阳西。

（六）

画楼明灭绿阴中，不见青旗斗柄东。
垆上人家千载易，杏花可似昔年红？

（七）

青帘摇荡越千年，风色而今别有天。
苍狗白云多变幻，田家绮梦已空前。
含毫握卷心濡墨，把酒凌虚杯涌泉。
笔底杏花新着雨，无边芳草更芊芊。

（八）

行春刺史走烟衢，碧水青山击节嘘。
只望消停魂外雨，何曾捻断梦中须。
牧童一日遥遥指，词客千年步步趋。
非是清明神力助，杏花深处有天枢。

（2009.11.13）

接读沈鹏兄《检点旧作》次韵奉和

喜君落落茂陵书，复见清衷方寸虚。
大纛恢宏持道统，无边霞彩乘云车。
雄关擎得旌麾过，暖阁留将虫草趋。
检略绮章当遗我，换鹅斗酒并煎鱼。

点塑成金

——喜见"工程塑料"赛过"钢铁大王"

皖水烟波云汉章，杰人杰事志投荒[①]。
青铜作镜催兴替[②]，片石为锛刻短长。
可塑豪强原胜铁，当红元帅岂如钢？
"三重门"启三生业[③]，抖擞明朝踏晓霜。

（2009.9.28）

【注】
① 皖人杨桂生领导上海、合肥"杰事杰"公司，研究并开发使用"工程塑料"，为国内领军企业。
② "工程塑料"被认为是继石器、青铜、铁器时代之后又一个人类文明杠杆。石锛，石器时代用于铲、刻之工具。
③ 杨桂生以1/3时间用于科研，1/3时间用于市场开发和管理，1/3时间还要参与社会事务，此即他的"三重门"。

长寿石前

何处飘香醉忘机，退园秋色叩禅扉。
岂缘长寿恋灵石，金桂丛中不忍归。

（2009.10.22）

【注】
退思园长寿石，人谓抚之可长寿。

陈去病故居有作

浩歌慷慨峭寒侵,百尺楼头仗剑吟。
去病当思家国病,骠姚我是汉将军。

(2009. 10. 22)

【注】
陈去病,"南社"人。为效霍去病而改名。其故居现存"浩歌堂"、"百尺楼"。

国庆六十周年阅兵感怀

倒海排山御国门,金戈铁马向晨昏。
修文但识和为贵,偃武原知友是尊。
世纪星河锄战伐,沧桑岁月正乾坤。
中兴旨在太平世,仁义之师冰雪魂。

(2009. 10. 7)

附:沈鹏写于2009年8月《近作六首》之一《检点旧作》

学剑无能漫学书,浮名浪得乃知虚。
为窥"八法"穷终岁,可惜平生负五车。
杰构当从身后想,庸凡便向眼前趋。
翻箱倒箧慷而慨,劣作何当付蠹鱼!

(2009. 11)

庄严先生《蜻水龙山居吟草》付梓，诗赠，并书

蜻水甘泉涌，龙山苍鸟飞。
山泉流不尽，日日报芳菲。

（2009.11）

《杨叔子槛外诗文选》面世，写评论文章《居高声自远，非是藉秋风》，意犹未尽，赋七律

烟云槛外又金秋，甲子笙歌岂忘忧。
天下化成千嶂雾，神州吸纳万家愁。
性灵直启关山月，人格长安风雨舟。
莫道崔生曾矗鹤，喻园叔子再登楼。

（2009.8.28）

【注】
崔颢曾写黄鹤楼诗。杨叔子先生的喻园在武昌华中科技大学内。

朱家角诗稿

（一）

何来江浦上河图？不是清明动帝都。
烟火千家云隐树，山川一角锦连珠。
三更画舫还南国，万里湖天启海隅。
莫谓沧波平似镜，通衢尽处也崎岖。

（二）

深巷蜿蜒夕照红，朱家一角笑迎风。
珠街阁上珠玑乱，漕港河中漕运通。
花布庄行追万历，乌篷邮路话乾隆。
声声欸乃轻舟过，两岸新炊酒不空。

（三）

万顷烟波槛外收，迎风翠柳荡轻舟。
朱家角，淀山头。放生桥畔月如沟。

（四）

湖上阴晴水接天，明清旧梦几时圆？
朱家才露尖尖角，疑是瑶池占半边。

（2009.08.3）

南风咏

——致南风词社

玄蝉无意探清虚，入户穿堂步履徐。
难晓青萍何处起，乱翻词客五车书。
南风南宅南来雨，新调新歌新结庐。
莫道寒临尽萧索，飘摇四季暖云舒。

（2009.7.16）

【注】
南宅为南风词社所在地名。

和欧阳鹤《八十抒怀》

珠飞玉溅四时同，追取光明启稚蒙。
半世狂飙人进退，中天激浪水西东。
苍松素有凌云志，良骥常怀报国忠。
一卷诗书江树老，花前谁谓白头翁？

附：欧阳鹤《八十抒怀》

欲赴三山觅大同，重洋远渡路迷蒙。
常因舵误航偏左，亦趁潮平驶向东。
填海长存精卫志，怀沙每惜屈平忠。
今欣万里风波定，犹望蓬瀛一耄翁。

（2009.6.20）

和钟家佐《八十初度》

林壑烟岚履色新，何当秉烛计旬旬。
大山万仞情怀重，三姐千家魂梦亲。
透视人间真有鬼，翻知天上本无神。
敲诗溶墨我来也，再造芳龄八秩春。

附：钟家佐《八十初度》

儿时幻梦忆犹新，倏忽衰龄步八旬。
对镜萧疏关塞远，开怀坦荡友情亲。
且斟杯酒酬风雨，自许平生鄙鬼神。
品茗笑谈桑海事，放歌高唱九州春。

（2009.6.12）

广西苍梧县石桥镇获"诗词之乡"称号，前往授牌，诗贺

何外薰风燕子斜？芳菲古郡浅深花。
新翻杨柳千山韵，漫饮瓜芦六堡茶。
热土春秋驰铁骑，流金岁月走银蛇。
苍梧又绿人间景，诗在桥头百姓家。

（2009.6.8）

再访吴江垂虹桥遗址

千年春讯走迢遥，断石凌波也弄潮。
六孔垂虹桥下水，依然斜照柳丝摇。

（2009.5.9）

【注】
苏州吴江垂虹桥。宋米芾诗有"垂虹秋色满东南"句，现存头尾各六孔。

参观南通中国珠算博物馆

长廊水榭系烟衢，开启千秋一卷书。
鹿角陶丸分列阵，算筹绳结串成珠。
拨通经世风兼雨，转动流年锱并铢。
浪逐春潮江海远，文明薪火上天枢。

（2009.5.3）

【注】
陶丸、鹿角、绳结等均为馆中展出的祖先计数之物。

石河子诗词学会廿年

沧海浮舟日，昆仑跃马时。
石河双十载，风雨尽催诗。

（2009.4.21）

赠炳烛诗书画联谊会

人文一卷诗，山水解相思。
炳蔚江淮日，融通四海时。

（2009.4.21）

国庆六十周年

碧血浅深花，东天铸日霞。
荣怀盈甲子，勠力大中华。

（2009.4.21）

周克玉将军赠新著《新羽飞絮》，有诗以奉

六出霏霏漫舞来，如烟似雾落尘埃。
生生不息四方志，唤得春花次第开。

（2009.4.21）

游海棠花溪

海棠蔽日傍旌旗，十里烟畦扑面诗。
元大都城千古事，春风一夜过花期。

（2009.4.10）

【注】
海棠花溪在北京元大都旧址。

洛阳看花四题

（一）

一从淑气催芽发，三月春风始挟雷。
忍别京城舒倦眼，欣临洛水品新醅。
侪朋谁是龙钟客？团队吾充少壮材。
盛世何愁花解语，鞓红端为老人开①。

（二）

千山漠漠草初茵，迟暮东风入梦频。
资本掀翻华尔市，危机害苦地球人。
阴霾岂得长遮月，甘露端能尽涤尘。
莫让狂涛摧世道，洛阳雨过正芳春。

（三）鹧鸪天·白牡丹

任是清泠亦动人，玉盘烟水见风神。
甘销素面千番雨，不羡中人十户身②。
天上客，世间尘。染衣酣酒色翻新③。
前溪舞罢华堂寂，占得春光有几分④？

（四）

夜尽何当秉烛游？梁园诗酒雨初收。
落花也凑天香趣，半老顽童扎满头。

（2009．4）

【注】

①：鞓红，牡丹名贵品种，梅尧臣诗《禁中鞓红牡丹》谓为"洛中花之奇者"。

②：白居易《秦中吟·赏花》"一丛深色花，十户中人赋。"

③：《唐诗纪事·李正封诗》："天香夜染衣，国色朝酣酒。"

④："前溪舞罢"，李商隐 诗《回中牡丹为雨所败》，指花瓣飘落殆尽。

浙江经济职业技术学院三十年校庆有寄

三十功名尘土吟，何曾文苑寄闲心。
钱江水暖千番绿，吹尽狂沙始到金。

（2009．3．15）

【注】

据潘军概括该院的三个阶段为：文苑、钱江、下沙意。

题《黄山诗钞》

——赠芜湖县林业局吴浪风

纷纭花雨弥天浪,澎湃松涛动地风。
才俊蒙山情独运,阴晴日夜问鸿蒙。

(2009.3.14)

赠刘文芳,题《未了情》

黄梅时节夜无声,诗苑禅心未了情。
求索偏从天外起,髭须未断雨初晴。

(2009.3.2)

曹州牡丹书画

忽如一夜东风起,万顷琼瑶一卷诗。
不是丹青燃九野,何来四季牡丹期?

(2009.2.28)

读《杏花村诗词》感赋

细雨江南忆旧游，杏花村外月如钩。
牧童何处留人醉，千树飞红慰白头。

(2009. 2. 26)

赠岳宣义将军

撼山鼙鼓岳家军，此日风雷笔挟云。
收拾龙蛇方块字，星河巨阵大无垠。

(2009. 2. 26)

赞"汲泉斋"诗教

十年沐雨栉风行，嫩柳含烟锦浪生。
细听丹江无尽水，泠泠自有汲泉声。

(2009. 2. 15)

【注】
牡丹江师范学院开展诗教，教师赵长胜斋号名"汲泉斋"。

读顾骧《蒹葭集》有赠

蒹葭日暮更苍苍，里下烟波归路长。
秋水伊人何处在，芦花一唱九回肠。

(2009. 2. 8)

大寒日接嘉善西塘贺岁图片,欣见柳丝摇动,感奋而作

天际阴霾暮色深,金牛抖擞出霜林。
多情最是西塘柳,未尽风寒已见心。

(2009. 1. 20)

元日答吴川凌世祥

耘天蹈海醉烟霞,最喜牵牛一束花。
紫气南来凝好雨,追寻诗梦到天涯。

(2008. 1. 1)

【注】
多年前读凌诗《牵牛花》喜其清新,有诗相赠。

接匹兹堡阚家蓂、谢觉民伉俪贺岁函及照片,写七律以呈

飞书贺岁到匹城,料得芸窗夜月明。
心底千秋传妙笔,图中万国点芳名。
珠玑岂止遗骚客,史地终将飨后生。
隔海遥添糖食罐,"大王"应谢故人情。

【注】
二位一是诗人,一是地理、地图专家。谢著《史地文集》及多种地图寄我处。家蓂大姐自幼嗜糖,有"糖大王"之称。

致江西蔡正雅

一自罗霄濮上歌，常思醉酒跨天河。
青春换得诗千首，流水高山志未磨。

（2008. 1. 17）

赠老友梁海

风烟跌宕任喧哗，云是胸襟海是家。
世事洞穿若观火，东篱且共酌流霞。

（2008. 1. 18）

西塘王亨贺岁，有感于金刀柳色，再奉绝句

西塘花信一枝开，昨夜和风天外来。
应是清烟残雪后，无边柳色待春雷。

（2008. 1. 18）

悼戴云蒸老

大雅蒸云驾鹤游，家山回望月如钩。
神州处处风烟动，最是唐槐花满头。

（2008. 1. 22）

【注】
戴老生前主唐槐诗社。

和王莲芬大姐《七律》

忧患元元国步艰，淋漓瘦皱总相关。
心依天籁裁云出，腕挟烟萝揽月还。
万顷莲花波涌翠，半窗星斗夜吟寒。
韩潮苏海手中桨，便有东风百尺澜。

附：王莲芬诗

少年世路不知艰，傲骨雄心敢闯关。
万里云涛鹏正举，一身风露马嘶还。
华堂太液人称羡，玉宇琼楼我自寒。
耄耋方惊多所悟，又叫笔底起波澜。

（2008.1.30）

读《白雪黑土歌》

饥肠雪打并风搓，慷慨投荒意气多。
勇士心昭新日月，少年血沃旧山河。
触魂彻骨浮生记，不怒非伤一曲歌。
青史诗家三叹息，常将黑白费研磨。

（2008.2.4）

【注】
北京郑玉伟先生就1962年开发北大荒"极度饥饿、极度寒冷、极度劳累"的日月凝成《白雪黑土歌》。

迎春漫兴二首

（一）

无边丝竹正悠然，百味浇漓未解颜。
忍看地球村里乱，难求联合国中安。
犁庭扫穴应清野，革故鼎新莫靠天。
些许坚凝冰冻雪，权当一夜五更寒。

（二）

老来心事融春水，幸有前生不解缘。
提笔云翻龙泼墨，回眸珠落手操弦。
新茶七碗生双翼，瑶草三章过大年。
最是清风明月夜，皮簧一曲唱尧天。

（2008.2.18）

读秦勤《浪淘沙·高三夜读》并贺其母黄小甜"满堂诗家"接力有人

风物正萦缠，谁谓熬煎？裁云镂月踏狂澜。玉律金声千载约，永铸心间。　　长袖舞联翩，春色回旋。一堂平仄俱成仙。人在浣花溪水外，绾柳亭边。

（2008.2.19）

冰雪五章

交 警

前人蜀道尽知难,谁识琉璃伴苦寒。
热血浇开冰冻血,高山无路路通山。

电 工

何曾云外战坚冰,高奏横天弹拨声。
传令三军三万里,接通十亿上元灯。

煤矿工人致电网工

倾听天籁自悠扬,五线弹琴披雪光。
天上严寒地深热,为君兜底夜何长!

等 待

迎风人去食还温,年夜无从辨晓昏。
腊尽更回冰又结,难寻梦里不归人。

有 感

古往今来话此生，求天当奉四时牲。
殷红粹白晶莹玉，不向鸿毛比重轻！

（2008. 2. 21）

山水有清音

——并和刘柏青七律

山容水色为君开，播撒烟霞满四隈。
九派惊涛瀛海去，十方佳客玉关回。
争流岂独催清韵，竞秀当能举逸才。
濠上逍遥风正好，天和物致拂还来。

（2008. 3）

当阳玉泉寺三首

（一）

月桂飘香处，流连古寺前。
慈航皆是佛，法雨却因泉。
塔秀日中影，天清岫下烟。
晨钟穿梵界，心向白云边。

（二）

浓荫花木抱幽深，一塔玲珑阅古今。
世上玄机难得悟，佛前真话便成箴。
苦吟岂欲吞千卷，大爱无须施万金。
今日尘缘痴未尽，祖庭度我是禅心。

（三）南歌子和陈荣权

瑞霭凝芳榭，钧天醉醴泉。云横古刹柳生烟，花树婆娑劲节更苍然。　　笔挟风雷势，潮翻金玉涟。乾坤吞吐效前贤，播雨拏云路转碧峰巅。

（2008.3.31）

川行绝句十五首

三星堆

拍案横空唱大风，三星堆上问苍穹。
蜀中故国来天外，应是瑶台第几重？

通天神树（三星堆）

一树走蟠龙，扶摇向九重。
枝头问神鸟，却被白云封。

太阳神鸟（金沙遗址）

烈焰凌空动九荒，腾云金翅自煌煌。
中华飞接三千载，日日光明向太阳。

三苏祠

父子同行皓月游，嘉峨岭表足千秋。
何当罄尽南山竹，摹写三苏到白头。

广安渡口

暮色苍茫万木风，广安渡口月朦胧。
一泓寒水飘然去，仰看高空火映红。

【注】
少年邓小平即从广安渡口登舟，辗转去国。

乐 山

三江激浪叩天关,破雾追云鸟不还。
一瞥青山皆是佛,风清雨润向人寰。

【注】
三江即青衣江、大渡河、岷江。

峨眉山

峨眉山月几经秋,曾伴诗家物外游。
千古文章千古事,清光何故聚嘉州?

【注】
嘉州即眉山。

青城山

白云天外自成球,曾向仙乡着意投。
洞府飞泉凝紫黛,一城萃尽众山幽。

都江堰

上善天功莫若水,高怀民瘼足称贤。
神工鬼斧相形绌,沃野田畴不记年。

浣花溪（杜甫草堂）

春水群鸥古木香，溪流恣肆向汪洋。
江河湖海浪翻卷，沾溉诗魂日月长。

武侯祠

顾得隆中寄死生，未期廊庙共丘茔。
会当尽日商良策，六出归来再请缨。

【注】
刘备墓与诸葛亮庙同在武侯祠，君臣同庙为世所少见。

翠云廊古柏（剑阁）

蜀道金牛魂梦中，翠云廊下浴清风。
时人只道张飞柏，应是传承万世功。

剑门关

天梯石栈驻云间，蜀道咽喉何处攀？
六出祁山臣子恨，千秋扼腕剑门关！

窦圌山（江油）

（两山壁立云间，中连铁索，僧人攀援行走其间，叹为奇绝。）

任从铁索竞天骄，漫倚松风荡画桡。
蜀道不难难世道，云涛尽处最逍遥。

赠成都友人

青幽能醉酒，麻辣好催诗。
滚烫心潮涌，相知是我师。

（2008.4.15—4.24）

鹧鸪天·鹤鸣山

何处寻源问九天，鹤鸣三界水云宽。
无为只合无尘欲，有道何堪有俗缘。
清带露，淡浮烟。邛崃一脉蜀中栏。
老君此日凌霄坐，回首中天雾满山。

（2008.4.23 大邑）

【注】
大邑县鹤鸣山为道教发源地。

紫笋茶吟五首

（一）

问君能饮一瓯无？顾渚山中滚绿珠。
瑞草生来云海外，冰心长在紫砂壶。

（二）

云雾山中云路长，红衣数点是茶乡。
金沙天外传幽韵，一捧清泉十里香。

（三）

阴林迳自傍阳崖，细雨薰风此处家。
餐得流霞人不醉，霏霏却看满壶花。

（四）

何来云雀报春时，饶舌欢歌碧玉枝。
高处清寒别有韵，峡中明月正催诗。

（五）

绿满山村紫气迎，云瀚雾浡露华轻。
清溪忍去忘归路，瑶草偏升未了情。
一日五弦风乍起，今宵七椀月初生。
津津乐咂津津道，齿颊凝香语不清。

（2008. 4. 30）

抗震组诗

忆秦娥

金瓯缺，天崩地坼青山咽。青山咽，锦川沃野，绝情撕裂。　　由来华夏轻膏血，山残水断人如铁。人如铁，摧筋灭顶，脊梁无折。

寄汶川

崛起中华月未圆，兴邦多难几千年。
拼将衰朽心头热，加压加温输汶川。

下半旗

——写在汶川大地震哀悼日

今天，我低下头，不是为了哭泣，
只为亲吻那破碎的土地，
只为再作一次心灵和废墟之间的寻觅，
寻觅婴儿的哭泣，
寻觅老人的喘息，
吸吮他们伤口的血迹，
催生下一个生命的奇迹。
今天，我低下头，不是为了哭泣，
只为让天上飘起虹霓，
让彩霞铺满大地，
让红地毯一直铺上通往九霄的阶梯。
走向天国的亲人们哪，
在为你们壮行的时候，
我低垂的身躯，
正是为你们，
盖上浸透烈士鲜血的红旗——
以共和国的名义！
今天，我低下头，不是为了哭泣，
只为给十万平方公里战场上的百万大军
加油打气！
五星，是阳光，是露滴，
是暗夜行军的北斗星系。
旗杆，是剑戟，是武器，

足以把破碎的地层撑起。
红旗的每一角都是平安的标记,
让人们生死相依,心手相系。
今天,我低下头,不是为了哭泣,
低垂,不是放弃的信息,
退缩,不是共和国的脾气。
我低下头,弯下腰,
是要让红旗鼓荡的暖风,
吹拂受伤的大地,
抚平伤口,
擦干血迹。
低下头——
是为了挺胸昂首,
收紧五指——
是为了更有力的出击!
今天,我低下头,
明天,我重新昂起!

(2008.5.21)

帐篷绿洲·晨起,荧屏喜见"帐篷绿洲",感奋而作。

世上何来新绿洲?岚光尽扫古今愁。
门庭共对关山月,心志同依风雨舟。
一阵弦歌回故野,无边稼穑起神丘。
横流沧海中兴业,头颈高昂多事秋!

(2008.5.23)

含泪和杨学军《哭北川诗社遇难吟友》

报道诗家列阵行，灵均大纛壮军声。
天堂赖有忠魂继，一字何当十万兵！

（2008.6.9）

榆社风云

箕子城头生晓色，荆山晚照柳摇金。
青铜剑盾寒光远，黄土林峦野壑深。
故国声寻神犬吠，新生代启蛰龙吟。
太行风骨漳河韵，我为中华说古今。

（2008.5.24）

为太原三十七中桃李诗社题

晴云温若玉，雨露润如饴。
果硕花红日，精忠报国时。

（2008.5.26）

鹧鸪天·锦绣商城

诗兴常随草木春，中州无处不销魂。
三山夜月云初幻，古庙遗风君独真。
山缥缈，石嶙峋。金刚台上启朝暾。
九峰未觉秋霜冷，挹水灵泉柳絮温。

（2008. 6. 15）

奉和柏扶疏

试剑惊天地，孤峰削玉来。
敲诗徒有意，击节愧无才。
堆翠钟灵秀，停云造化开。
流连峤岭碧，归计亦悠哉。

（2008. 6. 15）

临池感言

翰藻神追世上寻，耘天何处听瑶琴。
千林墨染还家梦，半砚池涵报国心。
腕底波澜宵继日，胸中烟雨古融今。
空山流水个中境，最是兰亭甘露霖。

（2008. 8. 2）

二上明堂山

葫芦潭瀑布

直把葫芦作酒壶，诗仙此日正当垆。
无边啸傲飞流起，醉向明堂洒玉珠。

马尾瀑

青骢兴骤雨，赤兔走雄飙。
万卷银丝线，星桥上九霄。

（2008.6.26）

贺南京江城诗社二十周年

深巷江南梦里花，江城无处不烟霞。
三唐文脉如椽笔，诗在寻常百姓家。

（2008.7.1）

衢州孔府南宗

中华世代领高风，北府南宗路路通。
莫把虚无当主义，古今中外一炉红。

（2008.7.14）

宣州书家惠赠张苏制笔，戏赠

宣毫笺上最钟情，握管油然万象生。
但使新翻诸葛笔，轩中风雨鬼神惊。

（2008．7．15）

【注】
诸葛氏名高，知名笔工。

戊子暑伏喜闻贵州省大中学生第二届诗词大赛启动

雨露山原造化功，黉园又报火初红。
拏云追日风鹏举，我是中华八斗雄。

（2008．7．15）

赠榆社孙国祥兼贺其《岁月如歌》付梓

岁月匆匆奈若何？流年未把志消磨。
常将三晋风云气，化作清音子夜歌。

（2008．7．22）

南乡子·潞安州

何处畅悠游？隧道时空一叶舟。要探蓬山千载韵，登楼！亘古烟云九派流。　极目潞安州，风雨太行五十秋。世纪星河抬望眼，难侔。沧海波涛无尽头！

（2008．8．8）

清平乐·刮目看潞安

能源转化，科学朝前跨。数量不争当老大，我自腾云"黑马"！　循环经济堪夸，喷吹冶炼飞花。跨海强强联手，和谐催动中华！

（2008．8．8）

王玉明院士连续发来百首绝句咏清华之荷塘，有复

旧园踪迹杳难寻，底事荷塘夜夜心。
莲叶偏藏新月影，柔肠院士百回吟。

（2008．8．20）

海上听奥运战报

粼粼最是枕烟波,奥运声中北戴河。
天海金红红一点,飘来万众一心歌。

(2008.8.20)

咏泰宁

水上丹霞

幽深峡水逝流年,不计芳菲物候迁。
未必青山云织锦,终因赤壁火烧天。
九龙潭底洞中月,一线禅机世外仙。
岩晒经文难解惑,从来沧海化轻烟。

丹 崖

翠钿金环玉貌妍,百般绰约到幽巅。
卿云不顾暑中热,也放朝阳红透天。

通天碑

震古铄今有大儒,运斤迳自上烟衢。
通天碑上通天趣,半是丹青半作书。

紫阳画院有赠

一代宗师济世方,怀仁取义路何长。
朱门此刻立无雪,愿立骄阳效紫阳。

穴 居

八山一水一分田,人在岩村石寨边。
最是炊烟飞洞府,无风无雨乐天年。

丹霞水

红层白垩走丹霞,滴水俨然雕塑家。
功在浑浑终不语,沉鱼落雁不飞花。

天 书

奇崛青山漠漠烟,银钩铁画列阵前。
经天纬地彤云外,掣电奔雷沧海边。
万岁枯藤金石动,一篇锦绣鼎彝传。
颠张醉素皆瞠目,翰墨因缘不记年。

新上河图

薰风何处上河图,福泰康宁道不孤。
世纪星云前路远,飞羣南国一明珠。

甘露寺

灵山秀水出风尘,甘露如饴草木春。
一柱擎天九霄去,悬空佛国最通神。

(2008.8)

乡友罗本隆八十寿

清风夜月故园心,双井清流梦泽深。
耄耋知天何所欲,大江东去自长吟。

(2008.9.4)

【注】
罗家住安庆双井街。

周克玉上将赠大著《战地雪泥》,有作

忍向屐痕认劫尘,止戈为武费精神。
克敌归来还克玉,雪泥深处是诗人。

(2008.9.7)

踏莎行·赠"一粒珠"紫砂壶制作者张子威

盛世云霓，阳崖缥缈，绿珠寒尽依天笑。从来佳茗似佳人，将来雪乳余香袅。　　一粒珠圆，春风不老，壶中明月来相照。霏霏云气涤心原，天涯此处连芳草。

（2008.9.30）

浪淘沙·重阳赠陆希贤大夫

风雨近重阳，白露苍苍。排云一鹤走微茫，红树青山人欲醉，依旧韶光。　　金蕊正飘香，爱弄秋霜，东篱我自理新妆。淡扫娥眉尘世对，睥睨沧桑。

（2008.10）

登盖州钟鼓楼

重阳未见半山秋，紫气岚光钟鼓楼。
海抱连云星影动，雁飞平野露华浮。
明清难见贾千客，天地偏留月一钩。
应是长河波浪涌，旌旗遥看柳梢头。

望儿山四望

（一）

莫待新雷归意迟，莫耽花发恋东枝。
他乡衿薄五更冷，料峭春寒儿可知？

（二）

千泓热浪送晴晖，一树鸣蝉我启扉。
四野流萤儿记否？万家灯火是催归。

（三）

伫望云天忆翠微，秋风过处雁南飞。
萧萧庭树炊烟冷，寂寞家山马不肥。

（四）

橘绿橙黄浑不知，千山木落夕阳时。
今冬不把寒衣寄，几度归期莫再迟！

（2008. 10. 8）

辽东杂咏

（一）

秋光春意两相融，红日三竿耀海空。
何处排云飞鹤起，诗情一跃到辽东。

（二）

诗家何事费平章？非是辽东社酒香。
天海风烟日高处，百舸争流度重阳。

西江月赠扬州熊百之

问讯春风十里，广陵烟树清佳。夜桥灯火旧亭台，唱彻新歌如海。　纵目文章太守，低头乱石铺街。竹林兰苑寄襟怀，自是超然物外。

（2008.10.29）

藤州行三首

（一）

思罗河畔欲登舟，画意偏留天一陬。
几叠青山穿雾出，一湾碧水带沙流。
藤缠紫气拂庭树，云撒星光点竹楼。
岭外今朝风正好，秋晖融溢古城头。

（二）

藤县动员诗教，三千中小学生同场诵读诗文，蔚为大观。

三千学子唱箫韶，掀动藤州星月摇。
已自家园承浩气，翻从世界看浮嚣。
风云际会英才聚，雷雨经纶大路遥。
莫为小安耽逸豫，常思天外落寒飙。

（三）

石表山观"狮王"表演，感奋。

世上敢称王，神威震四方。
地球村里事，修睦共天长。

四赠苍梧东安农民诗社

击壤山林瑞草香,汉唐烟雨润诗章。
石桥今日济沧海,洛湛前头更远航。

(2008.11)

【注】
在建的洛阳至湛江铁路在石桥(农民诗社所在地)设站。

贺州姑婆山

世上琼林知有无?姑婆盛宴谢江湖。
佳肴何计风兼露,最是开怀吸吸呼。

(2008.11.17)

【注】
贺州姑婆山空气中富含负氧离子(6.8万个/m3)。

万安渡口(和张道劝步原韵)

江海惊涛百步洪,万安渡口太匆匆!
一竿红日阳春景,三绝丰碑翰墨宫。
文帜高张椽笔举,时贤毕聚壮怀同。
我来南国立无雪,不枉清寒岁暮踪。

(2007.1.9)

会南英社诗友游晋江洛阳桥

春风漫拂洛阳桥,青史烟霞涌大潮。
羁旅波横敢逾越,行舟浪拍自飘摇。
一从垒石铺天路,却见凌空接画桡。
水国安澜传万世,云帆羽翮下青霄。

(2007.1.2)

【注】
洛阳江入海口。渡名万安,北宋建桥,蔡襄主其事,并书153字《万安桥记》,有碑刻立祠中。文、书、刻工,世称"三绝"。

为固镇县书协成立赠诗

垓下风云起,深冬鸿雁来。
阳春有烟景,大化举高才。
一砚鹅池水,三山笔冢堆。
胸中丘壑老,腕底异澜开。

(2007.1.9)

赠长春友人

风从东北来,一夜梨花白。
凛冽带和融,南窗庭草碧。

(2007.1.16)

赠扶沟王勇智

桐丘窗外客，立雪诵诗书。
窦虎营中月，横斜疏影无？

（2007.1.16）

【注】

扶沟有大程学院，窦虎营为王之住址。王有梅花纪诗。

致侯孝琼

关山飞渡锦云笺，应是琴台清露天。
两岸诗书接青史，一江吴楚望晴烟。
新词情动三千客，旧调神牵五十年。
似海侯门深几许？偏无只雁过幽燕！

（2007.1.27，好雨轩）

【注】

接侯孝琼女史寄来客岁两岸诗家团聚时照片二帧，然不见一字。怅然以一律呈。我的故乡皖江一带世称楚尾吴头，与身居琴台之侧的侯教授，同饮一江水。旧调：侯记得许多民国时期歌曲，每见面，必以听其一展歌喉为快。

赠澳门豆捞（豆老）自度曲

金猪拱晓，万里人行早。任它朔风逞啸傲，心上和融多少！豆捞豆老，店老人不老。四季莲花传喜报，一锅红火金花爆。豆老豆捞——捞得千家紫气东来祥云绕，捞得万户庭院闻啼鸟，捞得祥符挂树梢，捞得神州好运道。捞它个——大地春来早！

(2007. 1. 30)

鞠国栋八十寿

锦瑟南翔五色罗，金风时雨翠微多。
才思汨水何能尽，气骨移山不易磨。
过客三生无雪爪，骚人八处有吟窝。
案头收得长春景，再唱炀和击壤歌。

(2007. 2. 18)

应友人之约，为盘石砚（天坛砚）题句

盘之土，可以稼；

盘之泉，可濯缨；

盘之深，有灵石；

盘之乐，乐无央；

盘谷砚，寿而康。

(2007. 3)

观西塘王亨先生木刻写柳

忍将料峭裹行藏,难向阴霾说短长。
忽见金刀梳柳色,东风万点过西塘。

(2007.4.4,于嘉善县西塘镇)

醉"醉菊斋"

——访鞠国栋有赠

飞红点点走南翔,人在瑶台春日长。
新竹三竿迎故旧,老弦一曲共皮簧。
兰亭墨趣谁先得,青草诗魂韵最香。
醉菊堂前人已醉,东篱再约赋重阳。

(2007.4.7于南翔)

老君山

千山云外走,万壑涧中收。
若得嶙峋趣,老君山上游。

(2007.5.2于河南栾川)

鸡冠洞

幽洞由来与梦通，蟠龙玉柱踞深宫。
金鸡昂首日高起，端为神州唱大同。

（2007.5.2 于栾川）

鹧鸪天·贺业琼妹自马里万里归来

不为名花不惜春，姚黄魏紫任翻新。
孤帆指处人行健，万里归心魂梦真。
回眸处，忆芳尘。家国亲情最堪珍。
古都无尽芳菲日，遍插茱萸洛水滨。

（2007.5.3，于洛阳）

满庭芳诗剑人生——叶剑英诞辰一百一十周年

题壁油岩，苍生结记，放歌指点群雄。兴亡无限，听剑匣明衷。雨撼高楼欲醉，怎经得、豪气凌空。凭谁说，香洲死难，拍案问苍穹！　　刀丛。鲜血染，云横马首，旌耀寰中。挽狂澜烽火，笑对丰功。不在凌烟阁上，徜徉处，丘壑胸中。西湖水，借来南国，无处不葱茏。

（2007.5.6，于梅州）

满目青山赞

暮云已自飘然去,万缕金霞向晚风。
百战沉浮尘世远,三军帷幄大旗红。
攻书岂与攻城异,立德原与立志通。
莫道西天秋色染,青葱岭上一丹枫。

(2007.5.12)

赞顺德坤洲小学诗教

大雅由来世代书,碧江又现上河图。
攀龙折桂寻常事,不上葱茏不丈夫。

(2007.5.15)

中国煤矿文工团成立六十周年

入地穿空不夜天,甘霖紫气玉生烟。
温馨播撒情无限,风雨兼程六十年!

(2007.5.22,于北京人民大会堂)

旅法诗钞

旅法两个月，乐叙天伦。其间曾赴诺曼底地区乡间小住半月。共得诗词二十七首，汇而集之，寄奉好友一粲。

鹧鸪天·四度巴黎

好雨薰风信有期，卢浮揽尽世间稀。
余灰未冷郊区火[①]，大智难吟社会诗。
希拉克，萨科奇，凯旋门上大王旗。
枫丹白露[②]桃花水，依旧清泠入梦时。

（2007.6.27）

【注】
①：指2005年冬季巴黎郊区移民骚乱；
②：巴黎郊外著名古迹。

巴黎感事

荟萃文华世所稀，花都依旧弄清晖。
街头梧叶婆娑舞，槛外篮花比翼飞。
廊庙频年新入座，丽人六月乱穿衣。
闲来懒道罢工事，笑问何时度假归？[①]

（2007.6.27）

【注】
① 居民窗外多置篮花，斗艳争辉；有人说，法国人日常用得最多的两个词是"度假"和"罢工"。

点绛唇·无题

燕翦晴空,清风摇落青云杪。几声啼鸟,雨打青青草。　　未许春归,任是关河杳。梅子熟,不关昏晓,却似黄梅恼。

(2007.7.2)

【注】
巴黎时雨时晴,然皆飒爽。今虽初夏,但非同故园之黄梅天。

枫丹白露[①]

半亩方塘万斛愁,人间难有百花洲。
丹枫是血谁拨火,白露为霜水覆舟。
云敛深宫王气暗,波摇碎影剑光柔。
一从玉阙金阶日,多事千年风满楼!

(2007.7.7)

【注】
① 巴黎东林中泉水,多届王室在此修建宫殿,有近千年历史,拿破仑在此被迫退位。

课二孙读诗二首

(一)

一自闻韶不意中,飞扬神采对阿公。
忘情最是诗声切,当谢炎黄造化功。

(二)

雨后桐阴院落,日高花影堂前。孙儿绕膝斗诗篇,异国弦歌一片。　　昨夜初开翰苑,今朝小会诗仙。新词唱罢乐颠颠,架起心灵热线。

(2007.7.10)

咏枫丹白露泉

一泓烟水欲何之?流出惊天动地诗。
玉砌雕栏空照影,沧波日日唱春迟。

(2007.7.11)

西江月·庭院深深

小院青萝古柏，邻家丹桂池莲。半帘花影浴堂前，何处斜风舞燕。　　细雨轻如闾巷，白云飞似家山。骄阳高树不鸣蝉，正合咖啡神侃。

（2007.7.13）

【注】
巴黎夏日无蝉噪。

普罗万

香槟垆肆梦幽寥，万国衣冠五色绡。
锦棹商旌图大海，方砖古道走平遥。
枯藤老树旧城堞，深巷时花新路标。
烛影摇红中世纪，残阳如豆乱云烧。

（2007.7.14）

【注】
普罗万（PROVINS），巴黎东南90公里中世纪商业重镇，属世界文化遗产。香槟地区盛产优质葡萄酒。据知已与中国山西平遥结为友好城市。

鹧鸪天·二孙

不为新词强说愁,常耽林壑乐忘忧。何须哓舌花都赋,且共含饴秉烛游。　　灵旦旦,酷悠悠。一颦一笑也风流。浮生浪底风前事,捧腹颠狂万虑休!

(2007.7.15)

【注】

旦旦、悠悠为二孙之乳名。

十六字令·悠(十首)

(一)

悠。占尽风情下小楼。人亮相,五短小平头。

(二)

悠。语不惊人誓不休。随口侃,跟着感觉溜。

(三)

悠。性起管它风马牛。十八扯,我有意识流。

（四）

悠。法语中文顺口溜。双语侃，中外我兼收。

（五）

悠。名重花都天一陬。社交界，也算小名流。

（六）

悠。成语时时随便丢。君莫怪，老气带横秋。

（七）

悠。杨派当红第一流。"云遮月"，票界我真牛。

（八）

悠。"大雪飘飘"林教头。跟着哄，重唱会偷油。

（九）

悠。最喜诗仙黄鹤楼。高声诵，明日下扬州。

（十）

悠。花解语来人忘忧。老眉展，此世复何求！

(2007．7．18)

【注】

悠悠为二孙小名。话多，其父戏称之为"花都侃爷"。跟着乃兄唱京剧《野猪林》中"大雪飘"一段声稍沙哑，盖杨（宝森）派之"云遮月"风格也。同乃兄重唱时往往"偷油"。

男儿当自强

大孙昭旋六岁生日，并即将入学。诗以志之。

六岁好儿郎，九月上学堂。
卿云旦复旦，林花香更香。
品性清如水，德性最善良。
好学性专一，勤奋惜时光。
情重诗与画，世界心中装。
"坛台"我能上，"大雪"朔风扬。
学业争上进，体魄要健强。
挫折不可怕，四季有风霜。
一切在自己，意志坚如钢。
科学有险阻，世态实炎凉。
燕雀常戚戚，鸿鹄向穹苍。
身在瀛海外，心系我炎黄。
洋名是"奥古"，旦旦本姓梁。

忠孝传家久，诗书继世长。

生日吹蜡烛，鞠躬谢高堂。

年年生日到，重温这一章。

说千并道万，男儿当自强。

（2007. 7. 21）

【注】

大孙昭旋，小名旦旦，法文名奥古斯汀。两岁出头，便能跟胡琴唱京剧《借东风》和《大雪飘》，板眼过门多无错漏。喜作画，新得诗教，进步极快。面对世界地图，能熟练指出世界各大洲多个国家的位置。

诺曼底美军公墓听军号声声

接天松柏立崖头，芳草茵茵润海陬。

峡锁狂澜惊舰橹，山开险崿走貔貅。

风悲号角雁声远，血暖星河月影浮。

无尽低回如动问：人间征战几时休？

（2007. 7. 29）

居法国友人庄①

流连春色雨初收，空锁花篱曲径幽。
寂寞爬墙焉作虎，招摇绣地竟成球②。
新醅唤取农家味，旧榻承邀小石楼。
晨起花牛惊客在，钟声云外漫悠游。

（2007．7．30）

【注】
① 法国友人庄在诺曼底地区濒大西洋农村。
② 庭院中植物"爬墙虎"和"绣球"极繁茂。

鹧鸪天·梨花院落

深院梨花误岁期，垂珠累累压枝低。三春月色锦帘掩，一径庭阴碧草萋。　　流水逝，落花迟。楼空人去锁烟迷。须知时雨金风过，花果无声尽作泥。

（2007．7．30）

鹧鸪天·圣米歇尔山

刺破烟霞出海津，仙宫此处摘星辰。石坚难叩天堂径，岩滑却开地狱门。　云作幻，月为魂，回廊穹顶伴幽人。既生潮汐常淘沥，应是千秋立爱神。

（2007．8．2）

【注】

圣·米歇尔山为中古世纪在岩石上建成的神殿，岩石小岛长1公里，高80米，通过堤坝与海湾相连。在百年英法战争中，抵御了英国30年的围攻，作为"战神"，成为民族精神象征。潮汐规模为欧洲之最。为法国最知名的旅游胜地之一。

浪淘沙·诺曼底美军墓

风迅不闻霆，伐罪天兵。乾坤倒转鬼神惊。不是滩头拼死士，休唱和平！[1]　何处乱云生？油气蒸腾。[2]为谁苦雨为谁晴。又是三千十字冢，[3]大漠云横。

（2007．8．4）

【注】
① 二战诺曼底登陆海滩建有美军公墓，9835冢。
② 指中东石油和天然气。
③ 美军在伊拉克死亡人数已逾三千。

别友人庄

风清云淡此徘徊，回首门扉已不开。
一树梨花空带雨，三更古堞可惊雷？
百年轶事听苔径，半月新知举酒杯。
且作车前林下约，关山飞渡又重来。

（2007.8.13）

【注】
　　诺曼底友人庄常无人住。此次居半月，临行回首，人去楼空，庭院空锁。庭院大门取城堞状，十五世纪修建，为此处最久远的建筑物。

太白山组诗

太白山

太白山前太白风，霞飞五色日融融。
冰川高挂峰峦外，冻瀑常悬烟雨中。
素净忽如千嶂白，葱茏却见一枝红。
传神最是天开处，揽月披云斗柄东。

鹧鸪天·"铜墙铁壁"

脊柱炎黄太白峰,屏风御雨镇寰中。天梯石阵凌云立,栈道雄关伴雪封。　　杉作箭,月为弓。铜墙铁壁岁时同。中分二水洗兵甲,铁马冰河入梦通。

读《王玉明诗选》

魂梦游诗国,风云五色光。
微吟追地老,直觉破天荒。
昨夜关山月,明朝天海洋。
两栖腾六翮,文理满庭芳。

（2007.10.27）

贺春华诗社二十年

跌宕风云路八千,挟风润雨化兰田。
金陵抖擞元龙气,秋实春华二十年。

（2007.9.19）

泼墨山二首

(一)

诗家莫谓不从心，泼墨山前酣畅霖。
点墨浑含诗百首，一行足令万年吟。
山前泼墨笑人痴，只见岩痕不见诗。

(二)

为报天开铺锦绣，敢从玉碎写淋漓。
思飘雷电三千界，笔挟风云百万师。
但有佳酿浑一醉，朝朝应手得心时。

(2007.9)

贺谭国宁全家诗集《满堂吟草》面世

诗国泱泱日月长，高怀胜事出门墙。
三千逸韵一家继，八斗英才五世昌。
白发髫童齐得趣，仁山智水更添香。
梨花院落弦歌起，桂馥兰薰春满堂。

(2007.11.4)

一剪梅·赠博里农民诗家

十里缤纷雁几行，菊绿橙黄，蕙灼兰芳。一天风露过重阳。不减春光，收拾春光。　　何处弦歌透碧窗？小院凝香，大野新妆。田畴击壤笑声扬。人焕词章，诗润农桑。

（2007. 11. 10）

武夷山九曲溪

一湾秋水艳阳时，桐木津关云路歧。
任是风轻花易落，却看浪激石难移。
收容重叠千番绿，摹写回环九段诗。
花信凭谁勤寄奉，清流且放羽书驰。

（2007. 12. 12）

怀念刘向三同志

未卸征袍未歇肩，耘天圻地意拳拳。
心头不灭千重火，忧乐苍生一百年。

（2007. 12. 21）

镇江诗词学会成立二十周年

神州襟要信无涯，忙煞风骚处士家。
一水横陈频试墨，三山指顾更飞花。
楼头烟景涵甘露，岭上清泉送落霞。
才俊江东随处是，行年弱冠展芳华。

（2007．12．26）

西江月·致武汉程良骏教授

大坝云中屹立，涡轮水下驱驰。电波日日唱新诗，平仄由公评计。　　采石矶头论剑，马鞍山下听鹂。原知相顾鬓飞丝，却道青山如炽。

（2006．1．4）

花都漫韵

（一）

无边秋色胜春潮，花落花开岁不凋。
翠影碧波风正暖，轻鸢云外伴星摇。

(二)

心随花信到花都,红紫芳菲锦绣图。
忘却人间秋索漠,和风细雨润尧衢。

(三)

薰风四季乱翻书,气朗神清草木苏。
醉听诗声朗朗处,何如文赋比三都?

(2007.12)

乙酉岁阑赠家乡父老

家山花信又经年,欣看江风染绿川。
不待新雷春早发,千红万紫已喧妍。

(2006.1.4)

满庭芳·韩文公墓前

　　文起齐梁，诗开大野，一朝尊仰河阳。百般红紫，何处不琳琅！莫令蚍蜉撼树，青史共李杜流芳。鸿儒士，专攻术业，闻道写沧桑。　　先生曾授业，"陈言务去"，掷地声扬。尽时雨飞渡，犹困衷肠。试为今朝解惑：缘何事，套话泱泱。人心唤，三秋树约，二月异花香。

（2006.3.24）

【注】
"惟陈言之务去"韩愈名言。韩文公墓在河南孟州。

钦州绝句

冯子材故居上马石

飞旌长啸举云鬟，家国风烟不尽山。
我助将军腾翻起，前锋已过镇南关！

刘永福将军礼赞

虎旆边声百战多，驱倭抗法震关河。
家山异国风云动，黑帜丹心唱凯歌。

三娘湾感怀

腥风浊浪使人愁，海上阴霾难系舟。
护佑苍生多饱暖，三娘从此立滩头。

八寨闲咏

青藤铁木竹婆娑，云水沾衣爽意多。
十里幽深常蔽日，凝神策杖辨蝉歌。

（2006.3.24）

【注】
广西钦州有冯子材（抗法）、刘永福（黑旗军，转战越南及台湾，抗法抗倭）两将军故居。

芜湖礼赞

照影江心镜，凝神磨剑池。
有山皆滴翠，无水不吟诗。
瑞霭涵奇致，螺声动海湄。
云帆烟锁日，春雨最知时。

（2006.4.1）

【注】
《滴翠》为芜湖诗刊，"奇瑞"汽车、"海螺"水泥，为著名品牌。

石钟山感怀

隔山难隔水,远浦一帆开。
骤雨穿林过,惊涛拍岸回。
石钟寻古乐,云海待沉雷。
欲共知音赏,伊谁踏浪来?

(2006.4.2)

边塞诗研究会成立十周年

朔云边月易时空,烽火吴钩世代同。
血肉凝成万重铁,长城铸就在胸中。

(2006.4.8)

题广西防城港市那良中学抗日烈士纪念碑

巨石穿空松柏间,弦歌阵阵记风烟。
北仑难忘涛声咽,南国欣看月色圆。
一日忠魂归杏苑,百年古木荫尧天。
男儿喋血营盘岭,留取诗心铸故园。

(2006.4.26)

【注】
校园地处营盘岭,北仑河流经岭下。

车过苍梧，寻石桥镇探访东安（农民）诗社

轻车结伴过苍梧，十里春风染画图。
借问石桥何处是？遥听箫鼓诵诗书。

（2006.4.26）

蚁阵行

一声边报举烽烟，十万貔貅出洞天。
风驰电掣衔枚走，慷慨赴死志无前。
不听鼓角军中起，不负长戈驰战骑。
不见城头大王旗，空见无声战地死。
何来抬榇不下鞍，何来马革裹尸还。
不着铠甲铁衣冷，不听鸣金夺险关。
一将何计功成就？万骨虽枯无老幼。
青史何来万户侯，功臣不羡凌烟寿。
世上相煎乐不疲，浩瀚星空争地基。
谁知洞窟弹丸地，谋臣死士战无期。
但愿卿云漫域中，但愿人间尽好风。
九天洞穴俱平静，宇内寰中唱大同。

（2006.4.13）

长沙即兴

飞红叠翠到长沙,十里长街五月花。

最是"脚都"添底气,祝融峰上踏烟霞。

【注】
长沙足浴普遍,有"脚都"之称。

(2006.5.6)

"明堂天子"礼赞

明堂帝子踞晴空,谓尔东西南北风。

万壑当飞银柳絮,千山宜醉杜鹃红。

盛唐湾口谁争渡?天柱峰前我最雄。

大别中分云外水,江淮世代总朝东。

(2006.5.18)

【注】
明堂山在安庆岳西县境内大别山腹地,与地处潜山县的天柱山对峙。主峰有帝王气,命名"明堂天子"。"银柳飞絮"为瀑布景点名。安庆江域古称盛唐湾。

"江湖锁钥"

锁钥沧波势若蟠，几番黄赤到毫端。
古今豪杰秋风老，吴楚樯帆暮雨寒。
何处烟霞凭醉酒，谁人啸傲跨征鞍？
无须清浊中分界，湖海江天共一澜。

(2006. 5. 21)

【注】
　　湖口石钟山上有"江湖锁钥"亭，面对鄱阳湖流入长江处有黄赤分界线，是为奇观。

湖口归来，停车武昌湖畔，食田家饭

楚尾武昌湖，吴山影不孤。
车轮穿市野，田舍隐花衢。
汤煮锅粑饭，烟薰豆瓣糊。
斜晖春岸远，灯火缀新图。

(2006. 5. 22)

唐槐诗社三周年

露润云蒸三晋秋，婆娑枝叶柢根虬。
东篱不羡繁华意，门巷春阴岁岁收。

(2006. 10. 1)

赠九十泳叟黎丁

摧冰傲雪啸寒潮，浪里追风走白条。
九十芳华称正茂，期颐双至始为高！

(2006. 10. 3)

有感于杨叔子院士诗

华夏烟云莫计重，文明缘发自深衷。
青山绵亘山难老，瀚海波澜海不空。
薪火千秋常问道，庙堂无日不旌忠。
躬行诠释精魂日，盛世春风漫九冬。

【注】
孟二冬教授"躬行诠释中华文化精髓"受褒奖，杨叔子赠诗。

(2006. 10. 19)

母校安庆一中百年华诞

簧园每拂昔时风，壮岁旌旗客梦通。
黄甲铺吴钩系马，龙门口陋室弯弓。
江城夜月清光远，孺子沧浪厉志雄。
红叶青山秋未老，一怀烟雨寄征鸿。

(2006. 10. 21)

泰山颂

地球村里莫窥天，浩瀚微茫难记年。
紫气东来谁领跑，神州五岳我为先！

（2006.11）

南乡子·中国龙岩两岸诗家团聚

南国正清秋，岩上青松笑点头。此日龙乡添锦绣，金瓯。且喜相依结伴游。　　诗客上高楼，拭目关山五十州。击水潮头身手捷，无俦！共话团圞兴未休！

（2006.11.23）

连城四堡雕版印刷

云峰藏物秀，四堡向阳开。
木韵耘新野，书香酿旧醅。
廊桥传远梦，雕版印苍苔。
熠熠明珠彩，千秋扑面来。

（2006.11.24）

永定土楼有感

暂别洋楼拜土丘，原生态里觅风流。
焉知"四旧"烟尘外，多少如烟楼外楼。

(2006. 11. 24)

浣溪沙·上杭华南虎园

南国威名噪海疆，戚然一啸作强梁。眈眈任是兽中王。　　分割山林分土穴，仰天张口接皇粮。几多野性震山岗？

(2006. 11. 24)

广西桂平龙潭

烟水萦回山外山，腾空三线下龙潭。
接天林木层层立，叠翠巉岩节节攀。
千草瑶池波溅玉，五针松叶雾笼鬟。
幽深最是云中路，十里葱茏百道弯。

(2006. 11. 28)

【注】
瀑布上游水已浸润多种草药，一处天工物造之"浴池"，应主人之请由我命名为"千草瑶池"。

浣溪沙·金田村太平天国遗址

何处云飞唱大风？犀牛池畔草茸茸。营盘可是旧时容？　　烽火烟波皆逝水，金陵梦断六朝松。苍生碧血总无穷。

（2006. 11. 28）

【注】
犀牛池内存放兵器，起事时说成"天赐"。

画堂春·大藤峡

大藤峡上过江龙，瑶家山色葱茏。人间天上有群峰，绾翠梳红。　　曾见藤连藤断，哪堪肃杀春风。山河带砺水云中，共铸长虹。

（2006. 11. 28）

首途容州

沙田寻故里，古邑几徘徊。
论剑容州府，题诗经略台。
秋山倚阆苑，大佛坐蓬莱。
为我嘘寒意，迎风丹桂开。

（2006. 11. 28）

玉林云天文化城见阿里山桧木巨型桌案口占

此生从未上云天，不羡真龙不羡仙。
安得横陈阿里木，淋漓斗墨泼长宣。
此生从未上云天，心与云天漫比宽。
日夜神游天地外，诗情无处不波澜。

（2006.12.2）

三赠石桥镇东安农民诗社

梦里苍梧未了情，笔耕一自傍春耕。
天涯随处听箫鼓，疑是石桥吟诵声。

（2006.12.20）

无 题

——和钟家佐诗

兰言倾盖枕清川，几度西山醉醴泉。
每托童心常论道，差凭老气欲摩天。
梦中惯作诗家态，归去犹吞世上烟。
我有鸥盟林下约，柳梢明月缺还圆。

"多枝尖"

岳西宿鹞落坪，晨起现最高峰"多枝尖"，与庭院曼陀罗相映成趣。

缘河云外指尖多，直指城狐社鼠窠。
世态天风浑一色，中庭闲煞曼陀罗。

（2006.12）

【注】
曼陀罗，在印度被视为神圣植物，植寺院间。有毒，花、叶、种子均可入药。

赠梨园春酒厂

酒怜微醉后，诗爱始成时。
一夜梨花雨，春归君可知？

（2006.12）

附：钟家佐诗

相携八桂览山川，小住西山酌乳泉。
初涨诗情连粤海，更乘豪兴上云天。
时空变换千般景，梦觉迷茫一缕烟。
长忆清茶盈笑语，同珍明月几回圆。

（2006.12.27）

赠唐槐诗社戴云蒸老

三晋三生一寸丹，常怀正气剑光寒。
唐槐树下林泉约，揽尽关河到笔端。

（2005.1.15）

西江月·赠俞乃蕴

老小双重春色，交融分外妖娆。老谋深算对儿曹，略耍阴谋圈套。　　汉界旌麾飞舞，楚河风雨飘摇。张弓无处射天骄，老帅原来溜号！

（2005.1）

【注】
报载，俞乃蕴"含饴弄孙"，高谈"棋艺"，同孙子下棋竟将"老帅"藏在口袋里，以致孙子"直捣黄龙"却将不着军。

赠温祥

温祥以坚强意志对待病魔，坐轮椅中诗思泉涌。

清词丽句定风波，温静祥和奈我何？
笔底云山连五岳，东篱犹唱大风歌。

（2005.1）

博雅苑感怀

万壑千峰烟雨横,春风伴我踏歌行。
坡前绿色连天碧,坝上黄花叠浪生。
崛起家山添博雅,沉湮洞穴向光明。
心泉一任常流淌,此处无声胜有声。

(2005.3)

为明堂诗社《晓钟集》题

野壑多佳趣,林泉若故知。
晓听云物外,钟磬正催诗。

(2005.4.5)

赠铜陵五松山诗社

松岭原为铜铸身,平林漫草俱通神。
蒸腾热血来浇灌,红紫诗家澹荡人。

(2005.4.26)

抗日战争胜利六十周年感赋

（一）

屠鲸六十载，世纪走熊罴。
沧海浮明月，神州跃醒狮。
横戈犹达旦，吮墨正当时。
直作闻鸡舞，胡为放马诗？

（二）

感时思报国，崛起志成城。
心系卢沟月，人师细柳营。
卧薪期盛世，尝胆胜瑶羹。
清夜诗中点，增提十万兵！

为《黄兴颂》诗词集而作

风云际会不留踪，岭上黄花第几重？
一寸丹心惟报国，三生天命为屠龙。
无公谁辅千秋业，有史君书百代宗。
崛起河山怀赤子，英名常伴岁寒松。

（2005．6．14）

满江红·芷江受降城

黔楚咽喉，却承接，卢沟晓月。凝眸处，雪峰晖耀，杜鹃红绝。八载狼烟灵与血，千秋彪炳忠和节。看龙旌虎帐受降台，流年越。[①]　芷江雨，华夏雪。金鸡岁，重来阅。尽长桥溢彩，舞河腾跃。难遣春愁看岭隅，[②]须将热血浇城堞。正霜风劲处，射天狼，飞龙崛。

【注】

① 湖南芷江，地处湘西雪峰山脉。1945年8月21日，中国在此受降。从日本无条件投降到今年整整过去60年。

② 丘逢甲诗："春愁难遣强看山，往事惊心泪欲潸。四百万人同一哭，去年今日割台湾"。

（2005.4.30）

云台山红石峡

登高何处望葱茏，雾锁丹霞莫计重。
遥看云头飞白练，春在茱萸绝顶峰。

（2005.6）

为《春天的故事》作

且试耘天手,推将春色开。
千山凝紫气,万户绽寒梅。
渔港铺金网,神州举酒杯。
经霜浴雪日,无处不风雷。

(2005. 8. 8)

致杨叔子院士

在黑龙江望奎举行诗教会议,院士因病缺席,驰书大会,万里情深。

一往情深路几千?暮云芳草不成眠。
清风松嫩高贤聚,暑气江川客梦牵。
通肯新连黄鹤水,呼兰续写黑龙篇。
杏园无尽春消息,聊共沂歌五十弦。

(2005. 8. 24)

南歌子·千岛湖秀水节

水蕴千山秀,舟依一树横。云帆尽处数峰青,湖上秋声最是鸥鹭盟。　翰墨翻云起,丹青染雾生。人间十月胜春晴,笔底波澜此日鬼神惊!

(2005. 10)

小田风烟

杜甫墓祠修善竣工典礼暨"杜甫诗歌时代精神"国际学术研究会举行。

万壑群山向小田，汨罗千载问风烟。
高茔秋草连天碧，明月丹丘着意圆。
河洛无声怀赤子，湖湘有幸瘗诗贤。
泉台欣看九龙舞，喜泪清歌不夜天。

（2005．9．21 于湖南平江县小田村）

诗教苏北行

滨 海

栉风沐雨上层楼，面海襟淮一绿洲。
古韵新翻杨柳曲，千帆竞发大潮头。

盱眙

南乡子·淮河风光带诗墙

何处醉秋光？一望长淮浴夕阳。桐柏山行千里客，匆忙！梦里中原小麦黄。　　放眼对汪洋。奈得沧浪日月长。回首千秋多少事，苍茫。临水新诗已上墙。

咏盱眙诗教

烟树蓬瀛海日融，岚光水色醉霜红。
山中尽揽城濠趣，城里轻吹山野风。
石板云程灿桃李，弦歌雅韵动穹窿。
龙吟虎啸都梁路，十万新芽细雨中。

城南社区诗社感怀

芳草迷离远客来，秋光红透旧岩隈。
庭中经典探幽趣，岭上摩崖蘸绿苔。
汩汩清泉波潋滟，深深闾巷我徘徊。
一声平仄乘风去，再把家山细剪裁。

长相思·咏盱眙

长淮风，洪泽风，吹上都梁第一峰。秋山一点红。　　明祖宫，泗洲宫，天水遥连一梦通。盱城薄雾中。

状元桥

盱眙第一山下有状元桥，人谓走过此桥可保高考得中。

寒窗梦醒路迢遥，今日寒窗似火烧。
救得孙儿中夜苦，白头争过状元桥。

城南诗社有赠

旧事城南逸兴裁,诗声浸透绿窗台。
新醅呼请邻翁日,我欲轻车结伴来!

(2005.11)

有感于"中国电影百年",以"定军山"为首部

定军山上战旗红,开启百年天地功。
何处桑田沧海变,满天风雨画屏中。

(2005.11.28)

【注】
中国摄制第一部影片为京剧《定军山》,由北京丰泰照相馆与谭鑫培先生于1905年合作拍摄。

茶

——赠"岳西翠兰"

（一）

极目司空影，西天秀可餐。
卿云含翡翠，淑气润芝兰。
春雪轻风舞，新芽细雨寒。
侬家桑柘外，隔岸酒旗边。

（二）

云深花不落，十里绿杨烟。
翠叠南风里，兰薰谷雨前。
司空山外雾，鹧落岭中田。
万绿皆知己，我为天下先。

鹧鸪天·呼唤岳西翠兰

浓雾彤云未雪天，京城无处不生烟。
胸多滞墨枯肠尽，盏少甘津赤舌干。
思翠黛，念幽兰。梦中喉吻已生涎。
新茶七椀生双翼，醉向诗仙漫比肩。

（2005.12.25）

浣溪沙·采茶

一望清泉一路花，山程水驿两三家。翠峰顶上伫烟霞。　　缥缈轻纱天上挂，攀援只向素枝桠。红衣纤手拣灵芽。

天净沙·煎茶

溪山此处为家，青葱难掩芳华，鹧落坪前接驾。　　翠宫兰榭，和烟带露煎茶。

东源撷秀

东江画廊

淡墨清风抹几行，婆娑深处泻春光。
一江两岸三重碧，原是天公设画廊。

万绿湖抒怀

一岫穿云出，风烟动九荒。
长桥牵古梦，皎月皱波光。
离子何妨负，老夫真欲狂。
千行书万绿，岂必待朝阳！

【注】
据称，湖区空气富含负离子。

苏家围二首

明嘉靖时,有苏东坡后裔在此落户,形成村落。

(一)

人立苏围二月天,榕阴古渡短桥边。
双江顶礼村前合,争唱风流学士篇。

【注】
双江指东江、社江。

(二)

学士遗风入画图,千秋巷陌对平湖。
清波流出东坡韵,林木山花尽姓苏。

(2004.3.12)

繁昌诗稿

马仁奇峰

凭谁漫拂运斤风?镂玉裁云第一功。
迎客楠枝频探手,擎天石柱独穿空。
腾飞猛兽浑如马,入定高僧本性熊。
漏月清光何处见,银河尽处是蟾宫。

浪淘沙·长江板子矶

一石踞中天，吴楚襟连。山悬绝壁水回旋。锁定烟霞云汉外，我立君前。　　细雨裹春寒，心绪频年。金戈铁甲怎安澜？城堞青苔铺石径，犹扼津关。

峨　桥

岸柳依依逐水斜，江风着意落梅花。
朦胧不辨来时路，细雨峨桥闲问茶。

（2004.3.20）

兰亭组诗

万顷烟波

溪上韶光翠黛横，山阴又作踏莎行。
流觞不探樽中趣，曲水当聆法外声。
隔岸春云翻笔意，穿堂燕子解诗情。
兰亭悟得三分韵，万顷烟波腕下生。

心事拿云

老来心事更拿云，野鹜家鸡万绪分。
骤雨旋风同作伴，危樯惊马共成军。
轻烟淡古岂无我，半瘦漓骊方识君。
东海鸿溶千载墨，飞毫起处自缤纷。

（2004.4.10）

山阴畅想曲

傍水含烟柳色新，山阴风物各争春。
青溪红树通幽径，高塔层楼掩古津。
灯花昨夜绽良辰，情真喜煞右将军。
扫素笼鹅迎远客，芝兰意气绝风尘。
绍兴城里咸亨酒，酣畅淋漓酬故人。
忽报老叟踞门庭，原是皓首"太湖精"。
摇头瞪目视霄汉，手执蟹螯与"丹经"。
一声长啸洒素壁，挥笔落落如流星。
阳春忽如秋风劲，萧萧寒草满户庭。
满座失声俱钦慕，但见僧人独踽步。
担笈杖锡到兰亭，长沙上人称怀素。
北游吴越尊上国，错综书艺惟亲睹。
行囊箱箧计无数，北溟飞鱼中山兔。
颠师颔首似允承，弟子乘兴无旁骛。
掷杯提笔立高堂，奔蛇走虺朝及暮。

古瘦漓骊墨不兴，壮士拔山劲铁铸。
骤雨旋风声满堂，轻烟淡古绕高树。
众人击节齐慨然，何必公孙大娘舞？
出入魏晋宋奇才，跋涉烟云作客来。
整冠束带先拜石，再展蜀素乌丝界。
海岱楼头又一颠，颠张醉素不为怪。
当仁不让笔高擎，三丈南墙绝痛快。
风樯阵马气凌云，万里扬帆水澎湃。
高呼虎儿声震天，笔力扛鼎众客前。
倘若诸公不尽兴，岸边泊有米家船。
鹤林烟雨米氏点，千秋笔墨塞前川。
话音未落人起身，不甘虚度此良辰。
欲试锋芒现身手，我辈岂是蓬蒿人！
凛凛正气力万钧，君来益显画堂春。
谁争座位振纲纪，谁悟粉墙屋漏痕。
此时山谷跃身起，吾得羲之锥行迹。
纵横奇崛存逸气，侧险取势自成体。
各路书家尽试锋，笔华开处墨华浓。
秋蛇春蚓云烟气，萧散清真林下风。
北碑南帖各登峰，兰亭又竟万世功。
有幸飞阁未临水，得免化龙字升空。
蹒跚老者入华堂，寻人以至鬓飞霜。
陆机手捧《平复帖》，语音哽噎泪闪光。
为护国宝倾家产，伯驹一掷四万洋！
诸公额手齐称庆，廊下请来公子张。
优游散淡一如昨，世外蓬仙云间鹤。

长揖侧身静倚栏，清风明月何落落。
此刻右军已动容，话锋直指唐太宗。
昭陵原藏复印件，真迹千年我尘封。
欣逢盛世书学举，复感诸公情意丰。
也效伯驹张义士，中华典籍我归宗。
盛会此时节目改，隆重推出烧鹅仔。
书家自古酒为邻，觥筹交错不稍怠。
俄顷风卷俎中醢，绍兴白鹅半挨宰。
茴香小豆八车皮，老酒新销浑如海。
诸公趔趄下层楼，我有云汉木兰舟。
客去主安莫送远，依依再订逍遥游。
稽山鉴水绿悠悠，新月已上柳梢头。
醉墨醉人未醉酒，明日珠玑上报头。

（2004.4.4，于好雨轩）

王羲之故里

故里光凝紫盖东，琅琊清露下高桐。
秋毫掀动瑶波日，凤翥龙翔百世雄。

（2004.6.26）

鹧鸪天·贺铜都建安小学获"诗教先进单位"称号兼致铜陵诗词学会

何处弦歌夜未阑？新声古韵奏钧天。鲲鹏搏翼三千丈，老骥嘶风一万年。　千载业，五松山。紫烟炉火动寒川。青铜铸得丹霄志，风骨精魂追建安。

（2004.6.28）

渔洋博浪（古风体）

——纪念王渔洋诞辰 370 周年

销魂历下露为霜，秋柳陌上染微黄。
世上缘何仰北斗，人间为有带经堂。
池北清音华彩章，江南又见大纛扬。
清远冲淡独千古，诗家三昧宗盛唐。
含蓄吞吐意悠悠，心追物外不羁舟。
最喜风流无一字，羚羊挂角迹难求。
标举唐贤挹清晖，兼收宋意救时非。
"竹外一枝斜更好"，伫兴天成信马归。
金石风骨润丹青，象外弦指妙无声。
根柢原诸学与养，诗心发自性与情。
神韵长生笔墨香，兴会时出五色章。
醉酒当歌新城业，诗国铭记王渔洋。

（2004.7.3）

老友孙容八十华诞

人见孙夫子，春风扑面来。
联坛闲试手，文苑几登台。
煤海谋方略，诗乡蕴翘才。
皮黄朝夕共，老树雪梅开。

（2004.7.21）

浪淘沙·和吴寿松、王澍诗家

青史百年牵，是火非烟。狼毫脱尽笔纤纤。任是青灯磨铁砚，何计华年？　　且自枕书眠，云梦高翩。远山依旧映晴岚。流水何时归大海？莫问苍天！

（2004.7.21）

淮安市尚云为《淮阳菜谱诗词选集》索句，戏为五绝

探月"神舟"报，人间有异香。
拨云觅黄海，碧落指淮阳。

（2004.7.24）

长相思·百年小平

送 别

（一）

　　天无晴，日无晴，何处长亭复短亭？征程无尽程。　　情千顷，意千顷，空巷长歌涕泪零。君行且缓行。

（二）

　　山色凝，水波凝，户户元宵圆不成。早春寒气生。　　车长鸣，船长鸣，宇内寰中共此声。声声念小平。

（三）

　　山青青，水青青，浪卷香江计日清。壶浆箪食迎。　　花一城，彩一城，遍插茱萸唤小平。馨香是紫荆。

百　年

（四）

　　蜀道行，域中行，苦难神州路不平。腥风漫五更。　　夜未明，日无明，拔剑蒿莱心志凝。寒光斗柄横。

（五）

　　神也惊，鬼也惊，拉朽摧枯斩棘荆。胸中百万兵。　　万丈鹰，九霄鹏，护佑苍生负重行。扶摇身自轻。

（六）

　　沉也成，浮也成，直与黎元共死生。笑谈身后名。　　来也轻，去也轻，肤发纤毫留海瀛。长征再请缨。

永　生

（七）

　　风一程，雨一程，崛起中华世纪行。烟霾平地生。　　思小平，唤小平，为我长空再举旌。惊涛骇浪迎。

（八）

　　血肉熔，百世功，履薄临深夜引弓。长城代代雄。　　望空濛，寄飞鸿，家祭毋忘告乃翁。中华此日同！

（九）

　　发广安，走台湾，浅紫深红缓辔观。明珠聚玉盘。　　夜未阑，人正欢，隔岸风和月共圆。河山旧国还。

（2004.8，好雨轩）

【注】
　　前曾作《长相思·送别》。纪念小平同志诞辰百年，增扩为三章。

鹧鸪天·凉都六盘水

大地乌蒙山外山,雄关驿道走龙蟠。夜郎故地飞神韵,村寨今宵不夜天。　风习习,水潺潺。蒸腾暑伏却轻寒。左思只及《三都赋》,留得凉都今日看。

(2004.8.10)

凉都乐

京城难过桑拿天,又陷空调不夜眠。
抬脚轻飞六盘水,凉都清润乐无边。

(2004.8.10)

泥河湾人类遗址

寻根桑水畔,问祖到阳原。
漫漫人寰境,中华是故园。

(2004.9.9)

【注】
张家口市阳原县泥河湾从1924年起陆续发掘200万年前人类遗址。

一剪梅·鄂温克

美丽草原我的家。山是金娃,水是银娃。黑靴红帽舞轻纱。盘里甜瓜,座上香茶。　伊敏清流浴暖沙。天净无瑕,星落横斜。东风过处也抽芽。草上飞花,心上开花。

（2004.9.14）

黑龙江望奎县获"诗词之县"称号,前往授牌并赠诗

兰河流不尽,汩汩送芳菲。
黑土生瑶草,秋山接翠微。
弦歌听远志,橘颂蕴清晖。
极目云开处,双龙蓄势飞。

（2004.11.22）

【注】
望奎古称双龙镇。

丹顶鹤

——赠马国良

引颈翩然起,冲霄一羽毛。
遥知红一点,高挂暮云梢。

(2004. 11. 22)

西江月赠高中同窗吴当时

梦幻如云渐杳,流年似水非迟。龙门口外唱新辞,谁比吴门才子! 半世轻烟散去,依稀犹是当时。荧屏深处鬓飞丝,万里故人能识。

(2004. 12. 3)

高扬文同志逝世周年祭

西行驾鹤复经年,人世苍茫未了天。
方寄离情思祭奠,急将信息报烽烟。
矿山经略期微胜,煤海惊澜难大安。
最忆披星论伏虎,而今无计到公前!

(2004. 12. 14)

孟母颂·全国书法家作品邀请展

华夏人伦百善先，机声灯影忆前贤。
寰球千载连云赤，难抵春晖一线天！

（2004.12.22）

一剪梅·大观楼

岁岁年年南国秋。应是重游，却是神游。明珠沧海足淹留。何处丹丘，烟水盟鸥。　风淡云清不弄舟。不上龙楼，不上金楼。三生此日大观楼。才上楼头，早记心头。

（2004.12.23）

鹧鸪天·峄山石钟

十八盘旋路不平，中宵雨雪伴雷霆。
洞天一日流泉冷，佛地千年香火明。
朝雾散，暮云横。远峰近壑竞飞腾。
凌霄若得金钟响，尘世澄平玉宇清。

（2003.3.11）

鹧鸪天·中线南水北调陶岔渠首

破雾凌风路几千？中州此日走龙蟠。
瑶台玉液寻无迹，人世银河万里天。
丹水口，引渠滩。直穿河洛向幽燕。
千秋圆梦金瓯月，北国江南一线牵。

（2004.12.28）

挽韶关诗人梁常宗兄

的是春寒二月天，清吟南国未拂弦。
西行驾鹤韶音断，剩有霜毫唱大千。

（2003.2）

咏 兰

九畹清风起，一庭苍玉生。
兰园无曲水，素淡即诗情。

（2003.4）

安庆长江大桥通车

七 律

塔影年年魂梦中，横江此刻矗征鸿。
长风沙上长虹起，大渡口前大路通。
龙马焉能常伏枥？皖山原应早称雄。
云帆今日济沧海，雷电兼程烟水东。

【注】
长风沙、大渡口，均为安庆江域地名。

一剪梅

接地连天动九皋。你踩波涛，我踏琼瑶。振风塔畔荡云桡。脚下滔滔，心上飘飘。　　烟雨云横汇大潮。龙岭雄飙，皖水迢遥。八方四野竞天骄。已奏箫韶，再挂征袍！

（2004．12．25）

战 瘟 神

——献给医护工作者

风惊雨骤度春宵，大地寒凝漫寂寥。
何处幽灵夺性命，哪方鬼魅纵毒枭？
一日狼烟嚣尘上，万家翳雾锁眉梢。
四月春风似剪刀，剪去天容月色娇。
剪去草长莺飞趣，剪得柳絮不轻飘。
十亿生民待呵护，百万哀兵着战袍。
白盔白甲白旗号，搭箭开弓竞射雕。
未及请缨先上阵，夜夜迎来日影高。
阵前不见真容貌，重重防护藏娇娆。
步履深沉身手捷，话语轻盈五内焦。
昏沉只盼及时雨，谁使枯田甘露浇。
毒沫如泉忽喷涌，英雄难握手中刀。
死别妻儿不瞑目，誓下黄泉觅疫苗。
华年华彩连华胄，同气同根是同胞。
黑云压城城不摧，五岳轰顶不弯腰。
须知非典缘何典，且看魔高抑道高！
胆大艺精心须细，此是破题第一遭。
敌忾同仇人心举，微观世界举风标。
荡尽妖氛靖天宇，寰球指日唱箫韶。

(2003．5)

蜗 居

——写于"非典"肆虐时

上网周游心漫漶，敲诗只为报平安。
蜗居却少读书趣，谢客原知促膝难。
愧向白衣称战士，感从天使识幽兰。
老夫何处抓非典？尽向飞播壁上观。

（2003.5）

端 阳

——喜见"非典"疫情"零"报告

一天薄雾过端阳，迟暮东风花更香。
大地曾经春雪打，京城又见酒旗扬。
公车消毒人依序，超市通风各执筐。
厨下欣闻菰粽熟，再烧艾叶煮雄黄。

（2003.6）

沧浪诗社

名士风流豪气多，濯缨濯足逐烟波。
沧浪亭上操千曲，再唱姑苏起棹歌。

（2003.6.17）

祁连山

深情恋大山，笃志在登攀。
雪后祁连望，云横嘉峪关。

（2003.6.20）

纪念聂绀弩百岁诞辰

漫言无用竟天年，一卷诗书闻道先。
世上疮痍不圆梦，人间风雨奈何天！
忠箴尽在低回处，良药当融咏叹前。
"无意得之"随意得，诗中圣哲比前贤。

（2003.6.21）

【注】
聂老以"散宜生"为号，意指"散人散木，无志无才"，即"无用终天命"（散者适宜于生存之意）。并说其诗皆"无意得之"。

题汉画象石

由来造化孰争衡？写照传神万象生。
咫尺之间真力满，分明石上汉家声。

（2003.6）

咏泰山

风云一望酌烟霞,万代横空日月华。
五岳十分山色重,八分东峙是头家。

(2003.6.26)

"相约彩云南"当代书画名家邀请展有作

山施粉黛水浮蓝,雪岭红妆映碧潭。
人世斑斓能得似?风烟一举彩云南。

(2003.6.26)

赠岳西明堂诗社

堂明疑皎月,诗瘦胜梅花。
再弄清寒影,同来王谢家。

(2003.6.26)

阳江诗词现象四绝句

（一）

朝似清溪暮似霞，接天济海势无涯。
千回百转流连去，活水源头处处家。

（二）

春风杨柳自横斜，秋尽还如醉落霞。
南国天涯芳草盛，边陲无处不飞花。

（三）

何处薰风醉物华？谁家秋月漾晴沙。
丝绸海上风兼雨，催发江城四季花。

（四）

草树长林岁月遐，诗声代代伴桑麻。
跳禾楼上山歌榜，谁是南天第一家？

（2003.8.2）

【注】
跳禾楼，民间对歌舞蹈场所。

庐州诗词学会十周年

逍遥一剑浴春风,淬水包泉气自雄。
长铗归来鸣竟夜,清辉再砺十年功。

(2003.8.13)

系念繁昌

繁星点点忆春寒,半世睽违相见难。
覆釜犹升三岛月,浮丘安得九华丹。
峨溪白练横江舞,获浦归帆入梦欢。
唤取香醪邻舍约,乘风顺水下银滩。

(2003.8.13)

凤凰吟六首

凤凰城

万山葱绿送沱江,两岸人家飞凤凰。
古寨轻烟淡淡出,一城秋色伴斜阳。

雪峰山

茶山一望醉流霞,吊脚楼头雾笼纱。
云壑风清秋色重,雪峰岭上有人家。

走近凤凰

夕阳无计掩蓬莱,叠翠熔金次第开。
多脚危楼依水立,一川碧玉伴云来。
土鸡腊肉锅粑饭,古渡长桥烽火台。
果是青山终不老,且从深巷问苍苔。

沱 江

东岭卿云耀,南华紫气盈。
月从山外出,船在镜中行。
古寨盘瓠洞,旌旗全胜营。
沱江明秀色,摇橹伴秋声。

一剪梅·沱江吊脚楼

一抹轻烟翠黛浮。水上兰舟,天际雕楼。未凉天气雁横秋。风也悠悠,雨也悠悠。　　直挂云帆且探幽。何处仙丘?自是神州。人间天上两重游。我上楼头,她上心头。

踏莎行·南国长城

亭子关头，黄丝桥渡，石头城堡一天雾。旌旗起处汉家营，倚天隔断青山路。　　重锁秋光，轻凝早露，金戈铁马寻无处。亲和永驻大中华，长城应在心头铸。

（2003.9）

【注】
吊脚楼：苗族民居。盘瓠洞，凤凰景点。南方长城，明清时期防苗民反抗所修建，绵延于湘黔边境190公里。亭子关、黄丝桥、全旌营均长城沿线之城堡。

有感于巴黎智者之声

癸未秋，拜曲阜，谒南宗，有感于诺贝尔奖获得者巴黎集会，提出人类生存要"汲取孔子的智慧"，赋此。

何处茫茫问锦囊？花都智者写华章。
生存切忌失衡策，发展当寻救世方。
科技无须忧地老，人文信可破天荒。
尼山烟雨衢州月，总揽风云进庙堂。

（2003.10.18，衢州）

【注】
宋南渡时，孔府迁衢州，是为南宗。

南乡子·三衢

人世望三衢，秋气澄明入画图。天下江山谁媲美？三都。今日江郎是大儒。　　尽日数玑珠。千古迷团我叹嘘。洞府龙行何处去？天枢。且共凡夫拍案呼！

（2003.10）

【注】
江郎山在衢州江山县，洞府神奇，今人不解。

纪念岳飞诞辰九百周年

悲歌一曲向秋风，夜夜横戈斗柄东。
九百年来心底唱，千钧万仞满江红。

（2003.12）

广西十万大山三首

西江月十万大山

沟壑曾通古道，峰巅如卷狂飙。青葱十万走迢遥，唤起群山呼啸。　　八桂南天雄踞，边关旌旆轻飘。春秋兄弟奏箫韶，万世中华笑傲。

石上根缘

物造天工称鬼雄，姻缘成就曲难终。
根连更遇三生石，意合原需九脉通。
一世相知生共死，百年好约异还同。
青山十万作明证，此志深藏块垒中。

一剪梅·石头河

十万大山深处，一川河谷尽皆嶙峋巨石。

十万青山变石头。山满河沟，石满河沟。一川巨石倚山流。山不回头，石不回头。　沧海桑田势未休。天在悠游，云在悠游。时而峰顶继而湫。沉也何求，浮也何求。

（2003.12）

长相思·越南下龙湾三首

（一）

下龙湾，百丈湾，十里风恬水不澜。云天浸玉丸。　九折湾，十八滩，阳朔风云次第看。居然无数山。

（二）

金珠筵，翡翠盘。万斛珍馐带雾看。素餐沧浪前。　日正酣，星却繁，霞影高低傍玉山。金鳞映翠鸾。

（三）

绾罗衫，整花冠。又结湘娥十二鬟。斑斓古镜幡。　坐银銮，走青鸾，翡翠宫中出御媛。婀娜展玉颜。

福建海安秋园诗社成立八十周年

已从喋血定风波，绝命雄辞昭示多。
偃武惟当军威盛，秋园唱彻大风歌。

（2003.12.28）

【注】
附当年秋园诗社抗战名句："不战除非身死日，舍生莫待国亡时"、"一战不成还再战，此生未就卜他生"。

东坡赤壁二首

（一）

堂前二赋伴江流，月色天声一叶舟。
悟得渔樵沧海趣，此生东去不回头。

（二）

楚天一碧露华清，谁遣虹霓曳彩旌。
不效东坡醉江月，胸怀二赋写丹青。

（2002.4.9）

焦裕禄诞辰八十周年

秋风家国系真情，天下饥寒魂梦惊。
忧济元元摧五内，辛勤夜夜走三更。
已从水鉴思民鉴，因厚苍生乐众生。
尽瘁甘心罹万死，中原处处唤英名。

（2002.4.20）

江 南 吟

登落鹤山 (东阳)

鹤落青松谷，鸡鸣晓月天。
才离尘俗境，又入乱云间。

（2002. 4. 27）

横 店 (东阳)

十万人在"人多地少"中崛起，走向发达，盖以"拼命三郎"为口号。

一店横空破雾开，春风此处巧安排。
人间不是瑶台境，十万三郎拼命来。

（2002. 4. 28）

南北湖 (海盐)

何处神来笔？青山大野融。
双湖明秀色，一海接苍穹。
任尔南和北，管他雨复风。
谁为弄潮首？天下我称雄。

（2002. 4. 29）

海盐极目

四月江南墟里烟,钱塘溯远白云边。
登临却见湖连海,伫望还怜水接天。
十里青山翻橘浪,一方素玉展盐田。
风华儿女沧波韵,不效芳菲桃李妍。

(2002.4.29)

【注】
海盐为钱塘江潮之源头,融江、湖、海、盐及天空为一体。

敬亭山(宣城)

坐拥翠亭,饮"敬亭绿雪"

独坐青云里,何来尽日闲?
胸中溶绿雪,笔底敬亭山。

太白独坐楼

春归未必意将闲,竹海停云溪水湾。
不厌诗家来独坐,一天烟雨敬亭山。

【注】
"敬亭绿雪",茶名。

渔歌子敬亭山

细雨江天柳色青,敬亭山上踏歌行。
云淡淡,水盈盈,微风轻唤谢宣城。

(2002.5.1)

【注】
南齐谢朓作宣州太守,世称谢宣城。

江南第一漂二首

(一)

应是江南春色盈,心花水浪两飞腾。
青山径自云中立,却令清溪送我行。

(二)

万点珠虹映日骄,飞舟一落走逍遥。
银山拍岸欢声语,原是纤人汗水浇。

(2002.5.2,泾县)

【注】
木筏漂下后,须由纤夫艰难逆行五小时送至上游。

赤壁绝句六首

古战场

鏖兵赤壁足千秋,却看长江不尽流。
但愿沉沙无剑戟,锦云常绕古城头。

拜风台

莫向世人夸拜风,三分未改霸图空。
云霞尚带当年赤,又见夷陵一片红。

【注】
夷陵之战,陆逊火烧连营,刘备败走白帝。

翼江亭

振翮金鸾对大江,乌巢一望莽苍苍。
鞭梢指处灰飞尽,留得渔樵唱夕阳。

望江亭

吴中俊彦有孤忠,国难当呼命世雄。
老将身心皆举火,周郎乃得建奇功。

【注】
望江亭,相传为黄盖远望曹军处。

凤雏庵

西川指顾定三分,不是桃园不记勋。
旷世雄才明主弃,坡前落凤羽旆纷。

陆水湖

带雨披烟陆水湖,楚天荆国有雄图。
桃园识得伯言日,无复骄兵错伐吴。

【注】
陆逊,字伯言。

(2002. 5. 12)

鹧鸪天·桃花潭

野渡风云谷雨天,踏歌又见竹笼烟。万家甘露华堂上,十里山阴古道边。　离柳岸,别东园。桃花潭水待君还。掀翻潭底醅新酒,留得清吟住几年?

(2002. 5. 20)

满庭芳·万柳堂前

四月龙潭,波光潋滟,述说光景匆匆。昔龙须水,颜巷阮途穷。元素当年"听雨",长城恨,血溅弯弓。康南海,挥毫扼腕,惆怅对西风。　　晴空今又是,垂杨万树,飘洒雍容。正轻放龙舟,隔岸花红。高阁问茶论道,抬望眼,处处蟠龙。流觞水,一湖浩漫,聊发少年雄。

(2002.5.21)

【注】

应盛绳武兄之约,与欧阳中石、刘征、杨金亭聚会于龙潭湖。此处昔为龙须沟污水下游,乱葬岗耳。而今春风杨柳,早换新颜。存有袁崇焕祠,康有为书联其上。并有袁自书"听雨"匾额。是日,丽日东风,乘画舫游湖,坐万柳堂问茶,登龙吟阁论道,品京味诸般小吃,甚惬意也。中石兄提议,分别以诗、文纪胜,由他书写,雪泥鸿爪,以不负今日之雅集。三月后,龙潭湖公园勒石完成,与游人见面。

金都吟稿

阿城(上京会宁府古城)

铁马金戈处,风云帝子家。
青山千叠翠,黑土一枝花。
小岭炉前火,上京烟外霞。
亲和融百代,万世大中华。

依兰五国头城遗址

青山山外几多重？歌舞西湖曲未终。
望眼难穿枯井底，只因泥马过江东。

金太祖陵台

朔风枯井作囚来，肉袒朝天天下哀。
"告庙"当迎千里客，仇雠究属万民灾。
朱仙镇上旌旗乱，五国城头社稷摧。
何日相煎成旧事，高歌执酒上陵台。

(2002.6.15)

【注】
① 黑龙江省阿城（即上京会宁府古城）为金之发祥地，金太祖（完颜阿骨打）1115年在此称帝。金太宗灭辽和北宋，俘辽天祚帝和宋徽钦二帝，并先后押解至太祖陵祭拜，称"告庙"，"肉袒于庙门外"。
② 小岭为金冶铁之所。
③ 五国头城在依兰县境，为关押徽、钦二帝所在。传置其于枯井（或为北方之地窖）中。
④ 泥马过江，传说耳，姑用之。

西江月·过当阳桥

自是荆襄故道，更连蜀汉重关。三分虎踞对龙蟠，二水依然漫漫。　　长坂雄风百世，当阳雅韵千年。登楼何不赋新篇，听取春潮浩瀚。

（2002.6）

【注】
二水指沮河、漳河。王粲在此写《登楼赋》。

题医界友人《春晖寸草集》

忧济苍生志不移，原将寸草育灵芝。
人间无病无灾日，始是春晖得报时。

（2002.6.1）

贺启功老九十华诞

丹青翰墨两濡濡，鉴古知今道不孤。
悟得沧波濠上旨，一丘一壑上天枢。

（2002.6.2）

碰头吟

骄阳七月潞安州，无意翻身也碰头。
活脱离群军士俑，俨然当值锦衣侯。
休闲岂料白头破，潇洒难逃鲜血流。
不是天灾偏惹祸，人生何处去烦忧？

（2002.7.6）

【注】
去山西途中，因火车剧烈晃动，致头破血流。经车上简单处理，镜中一如兵马俑。夜不安枕，起而作《碰头吟》。

题鞠国栋醉菊斋

最重人间不老枝，经霜傲雪两由之。
何当南国秋高日，正是花黄人醉时。

（2002.9.9）

鹧鸪天·多景楼怀米公

多景楼头不记年，鹤林烟雨走吴关。满天风色堪成画，几处石仙待整冠。　　天外水，米家山。一丘一壑总无前。华胥梦里千秋笔，天下江山第一颠。

（2002.9.21）

【注】
米公，米芾。

为扬中市授"诗词之乡"牌并赠诗

清韵吟江渚,高歌动九台。
扬帆济沧海,扑面大潮来。

(2002.9)

无 题

昨夜初霜降,神州暖意融。
长空甘露雨,瀚海锦帆风。
古井留人醉,新程照眼红。
旌旗千里骥,踏浪白云中。

(2002.10.28)

谒赵朴初陵园

客路乡愁远,归思雁作行。
卿云岩上树,古韵寺前庄。
湖上风常好,山中橘正黄。
何言廉颇老,结伴共天长。

(2002.11.28)

【注】
附赵朴初诗:"千里集同乡,欣看雁作行。不言廉颇老,犹愿共翱翔。"陵园在朴老家乡安庆太湖寺前庄。

赠老友原海军航空兵政委单大德

海空月白不知秋,犹作排云踏浪游。
夜夜遥天升虎帐,长城无日不心头。

(2002. 12. 28)

二〇〇一年春节看望臧克家老人

卿云如盖结丹霞,斗室春风醉物华。
烟雨心胸连四海,岁寒催发满天花。

(2001. 1. 2)

林声先生赠画《老梅》

老梅新发正当年,绿萼虬枝霜满天。
雨瘦风皴干底事,幽香清致不喧妍。

(2001. 1. 17)

题宿松国家森林公园

夜宿松林处士家，河西山上醉流霞。
石莲洞口雨梳柳，一线天街雾润花。
龙啸苍穹惊石破，鹤归碧落伴云斜。
人间自有常青树，四顾亭中揽物华。

（2001.2.18）

赠河南诗词学会三次代表大会

人唱长河韵，诗宗笔架风。
中原仍逐鹿，千里跃青骢。

（2001.2.22）

镇江吟

芙蓉楼

芙蓉楼外景，时望一登临。
锦瑟传文苑，花光照上林。
为寻南国韵，来作白头吟。
春雨新醅酒，迎风对客斟。

古西津渡口

镜里长虹九曲湾，楼台云水数重山。
旌旗又是芳菲日，津渡吴关照我还。

镇江文苑

谁持椽笔上层楼，泼雨堆云腕底收。
删去春花秋月事，人间青史自千秋。

（2001.3）

赠江苏吴江博物馆

吴戈越剑最风流，打造关山五凤楼。
秋月春花无尽日，苍茫遥看雁横秋。

（2001.3.14）

燕伋望鲁台

燕伋（子思），七十二贤之一，学成归里，思师心切，撮土筑台望鲁。今台重修。

适周问礼燕飞回，洙泗渔阳命世才。
化雨春风怀鲁地，衣襟撩土筑高台。

（2001.3.29）

黄梅咏

黄梅流响

三月黄梅雨，桐花唤碧荷。
紫云传雅韵，流响伴渔歌。
挪步移新景，回眸逐逝波。
双峰凝翠处，天外揽烟萝。

四祖寺千年古柏

青山破额更喧妍，碧玉清流不计年。
古柏身经兴废事，常依四祖向云天。

"挪园青峰"茶

薄雾轻岚景物殊，听泉漱玉有还无。
挪园已见青峰出，截断烟云入玉壶。

（2001.4.8）

亳州花戏楼有作

一变摇身万户侯,浓施粉黛锦缠头。
长教鬼魅轻翻掌,忍见忠良屡作囚。
五凤高坛调鼎鼐,三通疾鼓走貔貅。
人人笑谓莫须有,底事争攀花戏楼?

(2001.4.19)

西江月·瘦西湖

又是闲来烟树,依然瘦了西湖。船家为我说新图,廿四桥头小驻。　　细雨随心抹翠,薰风着意施朱。大明寺外有浮屠,且自登高纵目。

(2001.5.5)

香茗山

路旁遥看继明兄家园农舍,感触良多,口占以呈。

关山一路快哉风,阡陌纵横指顾中。
应是芳香偏苦涩,霜刀雪剑铸诗翁。

(2001.5.31)

题《换杆集》

挥锄直为皖山青，夕秀朝华翠黛横。
借得清风生两腋，丹青对酒论平生。

（2001.7.7）

【注】
安徽农民诗人张先桢《换杆集》问世，意谓将锄杆子换笔杆子。对当今画家之作进行诗评。

赠台儿庄区教委

不忘龙沙喋血雄，台儿庄上战旗红。
弦歌应枕青锋剑，起舞闻鸡力挽弓。

（2001.7.7）

西江月·申奥成功感赋

少穆眼前枯槁，长春脚下孤单。卑身侧影向人寰，苦雨凄风哀叹。　　一日中华雄起，千秋大业登攀。五环旗上焕新天，旌旗碧空漫卷。

（2001.7.13）

【注】
少穆：林则徐；　长春：刘长春，1932年第十届洛杉矶奥运会，中国第一个也是唯一代表中国参加奥运会的运动员。

月是故乡明

盛唐湾口少年游,河汉今宵烟霭收。
滩急难圆游子梦,流轻可系故园舟。
瑶池亦作风兼雨,芳草常栖鹭与鸥。
最是迎江楼上月,团圞醉浣两湖秋。

(2001年中秋)

【注】
安庆江域古称盛唐湾;迎江寺振风塔史称万里长江第一塔;两湖指菱湖、莲湖。

赠苍梧石桥东安(农民)诗社

春在溪头荠菜花,苍梧秀色耀桑麻。
石桥镇上听箫鼓,户户歌吹醉碧霞。

(2001.7)

为东坡终老常州九百周年作

东坡昨夜发兰舟,欲作春潮故国游。
回首江天烟柳岸,千帆飞过碧山头。

(2001.7.18)

新郑古枣园

风雨流年斑驳深，金红万点是胸襟。
初衷不为尖刀改，留待诗家岁岁吟。

【注】
每见树干下方有刀砍斧凿痕迹，盖为防止枝叶疯长，促进挂果措施。

(2001.9.29)

鹧鸪天·轩辕故里感怀

百丈风烟过故园，我以我血荐轩辕。
浮舟沧海旌摇水，立马昆仑雪漫山。
新世纪，可平安？卢沟晓月照无眠。
龙泉壁上鸣长夜，扫穴犁庭弓上弦！

(2001.9.30 于河南新郑)

题南京甘熙故居

甘熙故居，史称九十九间房。现辟为民俗博物馆。金陵民间风物尽现其中。

嵌玉镶金上石头，金陵王气著民楼。
谁家九十九间半，直把秦淮烟雨收。

(2001.10.4)

赠江宁金箔厂加工金箔女工

熔铸精灵意韵深，仙家素手弄瑶琴。
神工鬼斧何曾见，"吹尽狂沙始到金"。

(2001. 10. 8)

【注】
加工金箔，"吹"为绝技。企业领头人有《边干边吹集》问世。"吹尽狂沙始到金"为刘禹锡句。

儋州吟草

东坡书院感怀

落木萧萧漫九垓，天容海色共徘徊。
千山鳞甲披芳草，万户笙钟赖大才。
笠屐农家开圣教，衣冠南国上高台。
闲吹蕉叶田畴过，野老青衿载酒来。

咏松涛水库

青山怀抱里，秀水出平湖。
兰舫耽佳趣，诗心入画图。
松涛无激浪，南国有明珠。
告慰东坡老，人间道不孤。

东坡书院口占

冷雨寒窗近海隈，琼雷云影几楼台。
儋阳不负黎家子，一寸春光万户开。

（2001.10.28）

题平顶山刘芳散文集《绿云何处》

绿云何处倚芳菲？有约春光攀翠微。
但使云深花似锦，山虽平顶亦崔巍。

（2001.11）

桂林山水礼赞

高节生云岫，神姿焕大千。
南风飞不过，北雪舞难穿[①]。
带水弓弦月，簪山剑戟天[②]。
千峰皆崛立，各不借攀缘。

【注】
① 湘桂线进入广西不远，即抵严关。此处有"北雪南风飞不过"之说。一过严关，桂林之奇山秀水即在眼前。
② 韩愈句"江作青罗带，山如碧玉簪"。

独秀峰

瑶台失手玉簪来,直向孤标摩九魁。
探得青云偏独秀,擎天为使世风开。

为梅县高级中学诗教叫好

何处春雷动?弦歌间巷深。
天涯催劲草,南国有高吟。
拔剑经风雨,知时鉴古今。
扶摇三万里,云满快哉襟。

(2001. 11. 7)

浪淘沙·灵渠

一水漾清波,何处天河?丹霞翠羽喜婆娑。一线湘漓牵百越,万世厮磨。　何必诉干戈?玉帛亲和。沙田荔浦笑颜酡。楚韵秦风濡以沫,一路弦歌。

(2001. 11. 20)

【注】
灵渠,广西兴安县境内我国最古老的运河。秦始皇为军事需要所修,沟通湘江和漓江。秦到清代一直有舟楫运输之便。

初中时老师陶芳田新著《千首丹枫回忆录》将付梓，诗呈

秋实春花雨露中，芳田溪水日华东。
纷纷桃李花千树，应效丹崖立老枫。

(2001. 11. 7)

西夏王陵

西夏王陵西夏风，似闻铁骑响弯弓。
燕然只在苍烟处，荒冢长埋百战功。

贺兰山西麓南寺

一川烟雨正蒙蒙，万树葱茏数点红。
西麓贺兰南路寺，浑然身在大江东。

岳阳楼吟稿

登岳阳楼

楼郭惊天宇，烟波铸国魂。
湖山耀吴楚，忧乐正乾坤。

水调歌头·岳阳楼

天水接连处,烟雨看湖山。回头却问湘水,何故失波澜?揽得涵虚万象,容得乾坤浮动,天地一银盘。云梦溉吴楚,溯本上云端。　　人间事,莫怅望,庆弹冠。范公雄卷,从此忧乐总拳拳。位极千秋廊庙,身在江湖塘坳,进退莫稍安。剩一襟明月,万世照人寰!

鲁肃墓

将军一诺意飞扬,陆口巴丘夜夜霜。
为奉君王联汉胄,阅兵楼上剑横江。

(2000.1.8)

友人近赴长江源头从事退耕还林工作,遐想入诗

溯江望远白云间,芳草无涯绿满山。
一夜江南烟雨岸,却从天府著人寰。

(2000年春节)

鹧鸪天·过虎门

雾散天青过虎门，长桥揽尽岭南春。
巉空要塞凝寒翠，天半闲云落夕曛。
花似锦，草如茵。销烟故垒有余温。
冲天义帜三元里，犹唤斯民振国魂。

（2000．2．25）

咏开平

带海襟江弄大潮，苍城潭水画中摇。
飞虹烟雨碉楼月，差胜扬州念四桥。

（2000．2．25）

开平南楼司徒姓七壮士踞碉楼誓死抗倭，感赋

男儿喋血抗倭奴，死死生生八尺躯。
南国千秋尊七子，江声日夜唤司徒。

（2000．2．25）

岳阳大桥建成通车

一桥飞渡白云边，我共诗仙买酒还。
不借星光赊月色，轻车权当洞庭船。

(2000.3)

常德诗墙赞

自古豪情诗上墙，翠堤十里墨生香。
武陵佳致经寒暑，兰芷风华耀楚湘。
百代歌吟成璞玉，千秋咳唾焕文章。
桃花依旧随流水，烟柳江天日月长。

(2000.3.6)

桃源春早

一任春寒还带雨，更将梅影认桃花。
渔歌唱皱沅江水，亦是仙源亦我家。
尘寰代代觅仙园，我向青山索玉泉。
但得心胸皆洁净，人间无处不桃源。

(2000.3.9)

南乡子·桃源行

何处觅仙源？柳暗溪清碧玉盘。千树桃花花欲发，轻寒。几处红梅笑指天。　　渔父可曾还？人在武陵溪水前。此去洞庭千里月，无边。雨过天青好放船。

（2000.3.9）

咏　兰

——赠冯刚毅

九畹清风起，一庭苍玉生。
兰园无曲水，素淡即诗情。

（2000.3）

题《留兰阁吟草》

家住逍遥云水乡，耘天耕地几回肠。
借来夜雨巴山趣，留取幽兰一段香。

（2000.4.7）

【注】
梁玉芳广西桂林人，研究李商隐有成。

开封清明上河园

清明又见上河图,山水相濡道不孤。
却问轻烟杨柳岸,春风几度换桃符?

(2000.4)

自安庆驱车九华山下看望赵恩语、章万福

门外千竿竹,巉岩一径开。
晚钟听佛国,晨雾隐天台。
半水云中落,新茶檐下煨。
书香共野趣,邀月尽三杯。

(2000.6.30)

山东峄城万亩石榴园

青檀五月灿如何?叠翠凝金串串歌。
万绿丛中红万点,动人春色不嫌多。

(2000.7.17)

咏紫气轩赠老友王振海

把酒东篱半亩园,萝藤花圃四时喧。
瑶台难买流年醉,墨海书林紫气轩。

(2000.7.31)

旅美阚家蓂大姐诗集付梓，有赠

芳草天涯壮岁游，寸心夜夜在庐州。
收罗十万方形字，编织流年归去愁。

(2000.8.3)

素质教育讲座后，诗赠大学生并作书

常怀忧国志，不减读书声。
烽火秋风劲，龙泉世纪行。

(2000.8)

五丈原

歧山秋色早，故垒觅残垣。
旗隐三刀岭，魂归五丈原。
舍生扶社稷，无力正乾坤。
大野孤云暗，哀师听暮猿。

(2000.8.14)

【注】
诸葛亮死于今陕西岐山县南五丈原军中。渭河北岸三刀岭，传为司马懿营地。

贺兰山纪行

——献给新世纪

望海潮贺兰山

苍穹悬日,金沙蔽野,鹰扬虎踞龙蟠。秦垒汉城,榆关柳塞,当输骏马嘶欢①。长啸入云端。看晴空雁阵,装点秋山。万里追风,九天飞雪掠银鬘。　　由来大地霜菅。忆朔方烽火,刁斗凝寒。坚甲铁蹄,金瓯破损,芦沟晓月如盘。怒发每冲冠。尽潇潇雨歇,易水湍湍。血肉长城筑起,世纪莫离鞍!

【注】
①贺兰山如骏马倚天雄峙。

沙湖回首

一面金沙大漠,一面秀水江南,世所罕见。

迢遥寻朔漠,回首是江南。
已叹金沙岭,休嗟碧玉潭。
驼铃青嶂远,鹤梦白云还。
天外流霞处,嘶风走骏骖。

沙湖万丛芦苇

不借三潭印月光，蛾眉此处理新妆。
舟行飒飒芦千束，人在苍苍水一方。
白露金沙凝朔漠，红霞秋雁忆潇湘。
驼铃已自穿今古，漫诉低吟醉夕阳。

沙湖红柳

别梦江南三万里，却从沙海觅西湖。
"故人说是丹青"处，最喜斑斓红柳图。

（2000.9）

十六字令迎春三首

（一）

春。料峭春寒草树新。东风起，尚武并修文。

（二）

春。红作旌旗翠作茵。新千岁，身手试风云。

（三）

春。杨柳新翻韵最真。齐心志，策马奏韶钧。

(2000. 12)

咏贵州茅台酒

瑶台称佛地，盛世耀黔乡。
国酒一宵醉，人寰千里香。
披云凝琬液，拨雪得清觞。
物我长相忘，聊堪十日狂。

(2000. 12. 23)

途中赠老友家佐兄

广西壮族自治区原党委常委、秘书长钟家佐，贺州八步镇人，善诗书。唱《草帽歌》声情并茂，诗以赠之。

八步云程竟若何？溪桥路转舞婆娑。
闲来草帽斜遮面，半是诗情半是歌。

(1999. 2)

咏 竹

破土迎春雨，凌寒伴雪睛。
风来枝叶动，筛取月光清。

（1999.3.28）

十年重访曹州，喜逢"农民绘画之乡"揭牌

（一）

经寒岁暮一番新，扑面薰风却适人。
漫道曹州花信早，丹青装点四时春。

（二）

依旧橙黄橘绿时，依稀梦里牡丹期。
十年十万丹青手，题写天香国色诗。

（三）

谁家唤雨拨云开，四季林花上九台。
大地寒凝春色满，频吹暖气待新雷。

（2000.12.26）

深圳南山荔枝树下口占

不顾南山细雨丝，芳菲最是荔枝时。
拼将日啖三千子，甜透心窝再入诗。

(1999.6.20)

西江月·赠战地记者王晓琨

三个月前，参加中国书法家代表团赴法。王晓琨受命采访有关活动，敬业有嘉。报载，晓琨此刻正在硝烟弥漫的南联盟执行战地记者任务。有感于斯，作《西江月》一阕遥赠。

萨瓦桥头圆月，宛如平日清明。春花不发梦魂惊，震破夜空寂静。　　不负临危受命，哪堪琴瑟声声。烛光炮火笑相迎，战地长街驰骋。

(1999.3.31)

国庆五十周年并世纪之交感赋

知年莫忘未知年，天命悠悠世事艰。
春雨由来滋后土，西风却自卷硝烟。
一朝魑魅催人醒，三尺龙泉作枕眠。
休教南山闲放马，中宵方得月华圆。

(1999.7.3)

炳森开车自杨村来送达"世纪颂"诗稿。备新茶伫望，口占一绝

回眸世纪赖诗豪，翰墨深藏五色毫。
伫望轻车穿市野，新茶信可胜香醪。

（1999.7.5）

题徐州汉画像石拓片

一从猛士御关中，天马嘶鸣胆气雄。
应谢彭城写青史，而今扑面汉时风。

（1999.9.2）

南乡子·武汉行

三镇踞平畴，二水中分鹦鹉洲。拍岸惊天天作岸，东流。不尽烟波黄鹤楼。　荆楚唱千秋，流水高山弦上头。喜向知音吹玉笛，消愁。天下诗家赴壮游。

（1999.9.23）

天目山四首

（一）

柳杉深处夕阳红，泉水人家秋色中。
幻住庵前人意好，千山云雾正空濛。

（二）

倒挂莲花向晚风，柳杉深处夕阳红。
秋色秋声寻不得，万绿葱茏一望中。

（三）

天开比目叹神工，华盖拂云争好风。
路转峰回凝晚翠，柳杉深处夕阳红。

（四）天目山柳杉

比目巡天对碧巉，千般意态看尘凡。
人间曲直何为重？拔地穿空是柳杉。

(1999. 10)

天台诗草"华顶归云"二首

"华顶归云"为天台一景。是日登归云亭,窥归云洞,呼唤"云兮归来",时碧空凝练,秋高无云。

(一)

秋高一望千重翠,未见轻纱碧落中。
安得瑶池群鹤至,归来小住庙堂东。

(二)

倦慵谢客远飘蓬,懒事梳妆卧洞中。
我坐归云亭上唤,同来醉赏一声钟。

清平乐·赠定云住持

仙乡何处?烟雨苍茫路。一夜昙花千载树,空有石梁难渡。　　且看古刹飞花,高僧惠我仙茶。今日定云定雾,青山秋色流霞。

云锦秋色二首

(一)

胜似繁星胜似霞,最怜云锦杜鹃花。
霜欺雪压犹昂首,心向苍穹不恋家。

(二)

华盖天穹绿满枝,天台秋日胜春时。
杜鹃织得花如锦,不是诗来也是诗。

【注】
云锦杜鹃,梵语称桫椤木,耐高寒,一树千花,香满禅林。

在昙花亭饮云雾茶

身融云雾中,云雾在我胸。
三杯生两翼,飘落石梁东。

【注】
石梁,景点名。

鹧鸪天·国清寺

梦里仙山曙色明，松涛伴我踏歌行。东来紫气几番雨，西去高僧万里程。　禅寺竟，霁云凝。回澜双涧水波平。千峰万壑倚天啸，唤得山青唤国清。

浪淘沙·隋梅赞

切莫作春愁，根净枝虬。青松翠柏共悠游。述说兴亡多少事，老气横秋。　一任水东流，我不回头。新枝已自上高楼。昨夜花开三万朵，壮志谁俦？

（1999.11.2 于浙东天台山）

【注】

国清寺隋梅为国内三株最古老的梅树之一，距今已1300多年。花繁时花朵逾万。

吴中行

松陵镇

一路轻车醉晚风，烟霞城郭走吴中。
秋来古镇千番韵，最是长桥水向东。

流水人家

鲈乡明霁色，一径小桥东。
流水吴侬语，人家夕照中。

同里秋色

吴中餐秀色，我自觅仙源。
户户鸡头米，家家石鼓墩。
三桥斜映月，一水正临门。
红叶白云外，炊烟掩竹村。

【注】
① 鸡头米又称芡实，水乡特产。
② 石鼓墩，民居木柱垫以鼓形石墩，防潮防腐。
③ 建于清末民国初的太平、吉利、长庆三桥，彼此环顾。民间有"走三桥"之习俗。

小镇古韵

双塔桥头树，垂虹亭上秋。
花羞环翠阁，人在跨街楼。
闭户纤云静，推窗碧玉流。
松陵寻古韵，新月伴渔舟。

水港人家

水港人家夹竹桃，吴音伴得橹声摇。
临街细剪鸡头米，不顾清波漫小桥。

（1999. 11. 5）

赠骆鹤

寒梅老树报春开，万里驼铃几度回？
难得诗心九霄去，却缘一鹤破云来。

（1999. 11. 6）

苗培时大众文学创作六十五周年煤矿文学创作五十周年

啸傲沧桑变，尝思家国吟。
一腔燃地火，半世寄知音。
"飞雪"刀丛志，"鲜花"笔底心。
苍生万千事，夜夜待披襟。

（1999. 11. 23）

【注】
《飞雪迎春》《五月的鲜花》为苗培时代表作。

镇江吟

金山听鼓响,北固看云深。
霞蔚风清日,江天处处吟。

(1999.11)

广西桂平

万壑千岩凝紫气,三江一郭白云边。
莫因北国叹秋老,我醉青山醉乳泉。

(1999.12,桂平西山)

清平乐·桂平洗石庵

仙乡何处?曲水云台路。楼外三江凝薄雾,万壑千峰飞絮。　庵前乱石穿空,披霞沐雨凌风。安得银河倒泻,三千世界葱茏。

(1999.12,桂平西山)

【注】
广西桂平为黔江、郁江、浔江交汇处重镇。乳泉水泡西山茶更为一绝。

汕 头

三江杨柳岸，一浦凤花洲。
礐石垂虹落，卿云连理游。
南疆孕邹鲁，海国著春秋。
我与烟霞约，熏风驻汕头。

(1999.12)

车中即兴感赋

（一）

半世烟云指顾中，相逢豪唱夕阳红。
秋霜且付东流水，唤取津门学子风。

（二）

晴雨兼程不歇肩，却从南海忆风烟。
虎门可鉴书生志，笑对秋霜学少年。

（三）

不叙尘缘续学缘，白头吟罢舞蹁跹。
北洋桥下东流水，洗尽铅华忆旧年。

（四）

梦魂常系运河头,人自风霜水自流。
际会白云珠海日,惠州拍浪到通州。

（五）

脱尽韶华唱晚霞,乡音无改话桑麻。
狼山犹峙大江尾,数尽千帆未到家。

(1999.12)

【注】
珠海至惠州途中获悉同行之天津市政协原副主席陆焕生与我夫妇同为五十年前北洋大学之同窗,且与我的老伴为南通同乡。

七律·早春扬州

沧海歌吟未见迟,广陵烟树醉春时。
一江细雨瓜洲渡,二月剪刀杨柳枝。
仙鹤楼头寻古韵,虹桥村口展旌旗。
无眠只为梨花落,收拾湖山入小诗。

(1998.3.11)

扬州慢·瓜洲渡口

津渡今宵，瓜洲春早，岭头细雨潇潇。漫清波堤岸，芳草又妖娆。浪翻卷、涛声依旧，夜桥灯火，光景迢遥。似金山鼙鼓，风云旌旆飘飘。　　好风十里，话扬州、依旧吹箫。看嫩柳城边，疆连淮海，花重琼瑶。不数二分明月，碧空里旭日朝朝。想梅花山下，馨香冷艳枝梢。

（1998.3.11）

长相思·归来曲

（一）

大龙山，二龙山，岭外青苍排闼看。巉岩着意拦。　　山不拦，岭不拦，意恐归人路不谙。为君指路还。

（二）

集贤关，南水关，古道雄风剑气寒。兵家不解鞍。　　盛唐湾，石牌湾，百转千回兴未阑。东流天地宽。

(三)

水潺潺，云珊珊，飞阁流丹人倚栏。江天万点帆。　　风半川，露半川，一望高楼对碧湍。门依九折湾。

(四)

柳如烟，花如烟，万斛平潭落日前。波心唱采莲。　　岸有边，天无边，飞去芦花雪满川。江声不记年。

(五)

塔入云，风入云，助我长天踏月轮。江流百丈巾。　　帆如银，波如银，千里归舟皖水滨。年年柳色新。

(六)

水淋淋，汗淋淋，四月江村忙煞人。孩童逐钓纶。　　菱一斤，藕一斤，珠跳圆荷裹玉芹。斜阳酒正醇。

（七）

　　任家坡，黄家坡，坡下人家尽枕河。闲听起棹歌。　　紫藤萝，绿藤萝，小院清风耳鬓磨。露珠滚碧荷。

（八）

　　青竹床，紫竹床，小扇轻罗伴月凉。人依秋海棠。　　花上墙，叶上墙，银汉清波照夜窗。牛郎在哪方？

（1998.4.16）

西江月·赠老师

　　人对百花好雨，亭开八面烟虹。欲催桃李四时同，大野青春飞动。　　燕子来时依旧，韶华似水朝东。一年容易又秋风，耳畔弦歌飘送。

（1998.4）

【注】
时安庆初中在百花亭。

满庭芳·赠老师

雨霁天清，江城叠翠，波心数点帆斜。任家坡下，绿柳拂窗纱。门巷春深，燕子频来去，正筑新家。阿黄懒，阳台静卧，闲着海棠花。　　五十年过去，浮舟沧海，人在天涯。想垂髫课读，师道丰华。闻似弦歌阵阵，还有那三月新茶。归来也，梨花院落，是梦里烟霞。

（1998．6．14）

长相思·忆老师

（一）

步轻盈，语轻盈，石板江城柳色青。春风伴月行。　　一天星，一夜明，庭院深深课幼龄。师生一盏灯。

（二）

灯也明，心也明，拨雾穿云秉烛行。启明夜夜星。　　意叮咛，心叮咛，此处无声胜有声。声声心意凝。

（三）

发兰舟，系归舟，海角天涯何处游？烟波江上愁。　　云悠悠，水悠悠，待到归时俱白头。不堪岁月流。

（1998.4）

长相思·回乡五首

（一）

他乡云，故乡云，江畔流云游子魂。情连皖水滨。　　思之殷，盼之殷，燕子呢喃几度春。无从问旧邻。

（二）

车辚辚，水粼粼，欲待孩童笑问询。乡音有几分？　　大南门，小南门，门外涛声晨复昏。江风拂故人。

（三）

草有根，树有根，抹尽青苔觅旧痕。儿时梦最真。　　堂无尘，案无尘，摇落蔷薇不见人。微风轻扣门。

（四）

世间寻，世外寻，寻到归时意最沉。乡愁重似金。　　庭深深，院深深，丹桂花繁香满襟。腊梅何处寻？

（五）

雨霖霖，露霖霖，莫道黄梅水浸霪。阴晴俱在心。　　茶也斟，酒也斟，注到心头细品吟。归思味最深。

（1998.6）

长相思·江姗与红星 (组歌)

六岁女童江姗，在洪水中眼见亲娘、祖母先后灭顶。祖母临危千钧嘱咐，死死抱住树干，戴"红星"的人定来救你。待"红星"终于找到孤女，她已在夜黑浪高中坚持了九个小时。当获救的江姗被带到中央电视台转播现场，国人为之感奋。

（一）

雾苍苍，雨茫茫，夜黑风高浪筑墙。排山倒海狂。　　水泱泱，野泱泱，天地无边尽墨洋。惊涛汇九潢。

（二）

　　水无光，月无光，眼见亲人没顶亡。身孤夜更长。　　手已僵，臂已僵，弱树柔枝抗大江。无声唤九苍。

（三）

　　思悠悠，意悠悠，浪打云飘沧海浮。身悬天尽头。　　臂不收，腿不收，不见红星不掉头。叮咛耳畔留。

（四）

　　夜不休，水不休，梦断黎明生死泅。亲人何处留？　　冲锋舟，救命舟，我共"红星"天一陬。神兵镇逆流。

（五）

　　台上寻，水上寻，寻得江姗喜泪浐。情牵万众心。　　夜深沉，意深沉，十亿亲情胜似金。长歌代代吟。

（1998.8）

采桑子·决战

风狂雨暴人声沸,死守严防。死守严防,我欲生吞万顷江。　　城池堤岸日休戚,手铸金汤。手铸金汤,血肉身躯筑大墙。

(1998.8.22)

常青树

——杨靖宇将军墓前

九死挥戈意气深,只留肝胆鉴胸襟。
云天万仞常青树,直伴松涛说古今。

(1998.8)

秋风黄果路

秋风黄果路,锦绣尽成堆。
玉带山中绕,银河天外来。
浮云绘苍狗,野壑走惊雷。
极目苍茫处,朝霞映翠微。

(1998.9.4)

风入松·晴满天池

　　谁家玉女上高台？皓齿笑颜开。不呼不唤无遮面，等闲是，素净裙钗。讵是雍容华贵，却含万种情怀。　　携来词客叩星垓，踏破一双鞋。半颠半醉消魂甚，实难顾，放浪形骸。我欲高歌吟唱，方知到此无才！

（1998.9）

忆江南·长白月

　　长白月，今夜大如磐。铁壁龙门添华盖，秋江河上滚银盘。诗客倚阑干。

（1998.9）

【注】
铁壁、龙门、华盖,均为天池的山峰名。

一剪梅·阳历九月九日登长白

　　露重烟轻雁阵长。依旧骄阳，依旧芳香。青山滴翠桦千行。枫叶深藏，半点红霜。　　我欲登高望九苍。不是重阳，也是重阳。鲲鹏翼下唱大荒。天也茫茫，云也茫茫。

（1998.9）

满庭芳·赣州古韵

枢钥江湖，咽喉峤岭，虎头高踞虔州。宋城烟柳，晓色上层楼。千里赣江北去，回眸处、二水环流。虽然有，滩称惶恐，一路荡平畴。　　尽沧桑俯仰，人间英杰，胜境曾游。叹郁孤台下，壮志难酬。醉里挑灯看剑，终难是，高执吴钩。长安在，崇山背后，西北望金瓯。

（1998.9.22）

贺圣朝·赣州浮桥

宋时楼阁明时道，几度人声杳。涌金门外走浮桥，二水依城绕。　　秋江吹皱，清波淼淼。惹幽思缥缈，把千年暮雨朝云，尽连今晓。

（1998.9.22）

通天岩石窟

通天神窟势通天，万佛巉岩万户烟。
一滴清泉来惠我，人间足可润心田。

【注】
通天岩壁上有石窟造像。一滴清泉终年不断。

（1998.9.22）

郁孤台

秋声雁阵郁孤台,城郭烟霞掩映开。
无复青山遮望眼,一川碧玉向东来。

(1998.9.22)

八境台赣江源头

我居南岭下,君住武夷头。
为践九生约,来参八境楼。
三台一轮月,二水半城秋。
沧海接天去,鄱阳望眼收。

(1998.9.22)

【注】
三台指郁孤台(西)、拜将台(南)、章贡台(北)。章江源自南岭,贡江源自武夷,在八境台汇合为赣江,由此北去。

南乡子·寄张家港

刮目看沙洲,江渚东风又上楼。菊艳樟香香几许?心头。丽日长空好个秋! 此刻发兰舟,沧海云帆天一陬。熠熠清光犹在袖,吴钩。风雨兼程再壮游。

(1998.11.15)

改革开放二十周年感赋

风霆南国迅,帷幄出雄奇。
一夜春雷动,三更行色迟。
八荒云作锦,四海浪催诗。
世纪开新域,扬帆沧海时。

(1998.11.27)

欧行诗稿

中国书法家代表团访法

翰墨香飘塞纳河,如烟如雨细研磨。
何当弦瑟交相和,杨柳新翻再踏歌。

过阿尔卑斯山

阿尔卑斯雪未消,此时冬日胜春朝。
天阶一望玉千顷,万树梨花映碧霄。

观比萨斜塔扶正工程

世人争看塔身斜,却对真斜宠有嘉。
扶正工程扶莫正,只缘正直少人夸。

意大利揽胜

沃野轻车关复关，欣从古国写斑斓。
佛罗伦萨桥头市，阿尔卑斯雪后山。
圣马可金披宝殿，威尼斯水遏幽湾。
暖流飞越地中海，助我清风明月还。

渔歌子·风车村

海上轻风为我吹，风车天外拨云飞。
鸥戏水，鹤来归，杂花依旧竞芳菲。

水调歌头·阿姆斯特丹咏

三个风车转，搅散一天云。今朝红日高照，沧海净无尘。坝上双鹰敛翅，滩地群鸥逐水，天远雁呼群。奶酪飘香处，芳草碧如茵。　　吊桥举，轻舟过，水粼粼。桥头明月，何事争故国三分？河上人家系缆，胜却田园诗韵，谁道不销魂？此处风常北，无意苦争春。

在阿姆斯特丹观赏梵高和伦布朗油画

向日葵花意象新，此公造物竟无伦。
心灵跌宕明和暗，叱咤风云属《夜巡》。

【注】
《向日葵》和《夜巡》分别为梵高和伦布朗的代表精品。

四老西欧七国行

四老轻移自在身，岁阑联袂赴西津。
管它七国名和姓，齐楚燕韩赵魏秦。

（1998.12）

【注】
我与亲家共四老相偕赴欧同游七国。

长相思·香港回归感事三首

（一）

　　雨半成，风半成，苦雨凄风浸海瀛。渔村炮舰行。　　爹一声，娘一声，割断襟袍似水萍。遥看夜夜星。

（二）

　　天也昏，地也昏，血尽楼空鬼是人。新茔压旧坟。　　冤也焚，恨也焚，汤沸烟销十丈尘。晴空耀虎门。

（三）

　　眉也伸，志也伸，为有忠魂振国魂。中华重万钧。　　心长存，节长存，梦醒香江是早晨。紫荆最可人！

（1997.1）

香港回归感赋绝句四首

（一）

　　故国东风早见梅，千枝欲绽待新雷。
　　紫荆落雁沉鱼日，才是家园春色回。

（二）

　　孤云犹傍断矶边，虎塞曾销万古烟。
　　笑指香江桥下水，此中原是艳阳天。

（三）

碧血罂花四野昏，铜关金锁振民魂。
香江一唱归来曲，莫忘壶浆上虎门。

（四）

味苦原由苦尽生，毒消肿去性温平。
腥风血雨来浇灌，方识奇花是紫荆。

（1997.1）

大瑶山风情绝句四首

暮春时节，广西大瑶山金秀县举行瑶族服饰大展赛，广西、广东、湖南、云南、贵州均有瑶族同胞参加。一时瑶乡灿若行云，美不胜收。爰作绝句四首以记其盛。

（一）

问道瑶乡春几何？金山秀水放天歌。
仙槎万国飘然至，点翠飞红孰更多？

（二）

朱衣环佩一枝花，钟鼓笙箫笑语哗。
新月如钩半遮面，春风只度五瑶家。

【注】
金秀瑶族有五个系，即茶山瑶、山子瑶、坳瑶、花篮瑶、盘瑶。

（三）

仙家头顶彩流云，方识山深处处春。
我欲高台长醉舞，三生此日作瑶人。

（四）

摇红无计弄春晖，独领薰风绿叶肥。
纬作流霞经是雨，瑶家织得彩云归。

(1997.3)

登莲花峰

莲花有意坐高峰，普渡游人送好风。
此处杜鹃春去也，云深还在圣塘中。

（1997.5）

【注】
莲花峰为大瑶山第二高峰。最高峰圣塘山以变色杜鹃称奇于世。圣塘山上杜鹃花怒放时，山下已春光迟暮。

广西荔浦丰鱼岩溶洞

南国桃花水，兰舟洞底天。
九峰连亘古，一柱锁轻烟。
迢递神工铸，嵯峨鬼斧穿。
泠泠非是雨，滴滴越千年。

（1997.5）

【注】
丰鱼岩溶洞由九峰相连，地下河道行船三公里多。一根由钟乳形成的石柱，直径14厘米，几近天地相接，蔚为壮观。

南乡子·安庆

丽日盛唐湾,烟水宜城渡口前。几处樯帆时隐现,无眠。此日归舟系岸边。　　北望有龙蟠,吴楚江淮扼一山。紫气卿云常作伴,雄关!不是江风落木天。

（1997.7）

沁园春·长风沙

燕子来时,晓色长天,细雨迷蒙。看平畴四野,围堤高踞,纵横阡陌,烟柳归鸿。犬吠鸡鸣,波平浪静,几处村童斗草虫。一碑矗,刻千年脚印,鹤驾诗翁。　　遥思秋色梧桐,长干里,金陵苦病慵。竹马青梅日,低头向壁,难知今夜,翘首云空。滟滪瞿塘,猿声天上,剩得灵犀一点通。相迎处,愿溯吴楚界,永御长风。

（1997.7.2）

中国书法家代表团出访巴西途经洛杉矶登格里夫天文台

望断云天西更西，苍烟夕照洛杉矶。
星空任我升腾去，好共家山迎旭曦。

里约热内卢欢晤华侨

里约堪称热内炉，心容四海道不孤。
情怀最是胞波意，一片乡心在玉壶。

南半球冬季海天

秋尽冬来无索寞，山花依旧盛开时。
翻腾海岳寻知己，倒转云天觅好诗。

醉花阴·里约马拉干那足球场

为遣满怀心事重，先把歌声送。气浪震长空，倒海排山，胜似洪涛涌。　　妙传直捣黄龙洞，撕裂天衣缝。看绣地耘天，挥洒从容，搅得心儿动。

【注】
里约热内卢的马拉干那足球场可容二十万人。

游大西洋安格拉海湾

银波浩渺是天涯，且放轻舟逐浪花。
正待排云泼浓墨，飞虹先挂岸头沙。

欣逢刘炳森团长六十寿辰，有赠

今宵花月俱生辉，异域金风草色肥。
五度飞虹连海隅，凭君捧得彩云归。

（1997.8）

赠桂林黄小甜

争看云影映天光，画幅难留诗意长。
为有源头清见底，新荷出水自芳香。

（1997.8）

秋 音

鸣蝉未必不佳音，转瞬清风过竹林。
耳顺心平犹仗剑，天荒地老且歌吟。
霜飞谛听梧桐雨，木落长存松柏心。
橘绿橙黄人世景，水如环珮月如襟。

（1997.9.16）

清平乐·贺中国煤矿文工团建团五十周年

春风几度,放眼荒山绿。五十韶华烟雨路,心血一腔倾吐。　　梅花香自寒冬,天涯长剑青锋。捧得地宫圣火,迎来四季飞虹。

(1997. 10. 31)

南歌子·西双版纳葫芦岛

已沐景洪雨,又梳勐海风。边关万里月融融,却看澜沧江水水流东。　　红豆丛生树,槟榔独向空。葫芦岛上贝叶棕,琼阁仙山南国一迷宫。

(1997. 11)

题汕头吴钩《斯楼集》

风烟万里带吴钩,收取关山五十州。
讵可南山闲放马,万千刀剑上斯楼。

(1997. 12)

登安庆振风塔

杜鹃声里莫登楼,为有骊歌江上流。
塔顶风铃檐外雨,几回梦醒觅归舟。

(1996. 5)

厦门吟

（一）

花红叶绿海天同，鼓浪声声一岁终。
未见轻霜铺落叶，已从长柳孕薰风。
两行归雁横澄宇，三角梅花向碧空。
何处仙槎浮玉露，波光如练月明中。

（二）

毕竟南天腊月中，浓妆绿意笑迎风。
梅生三角攀援上，伴着高枝一品红。

（1997. 12. 12）

放舟冠豸山下石门湖

一川冠豸醉流觞，秋尽晴岚作淡妆。
叩得石门开洞府，不看山色恋湖光。

（1997. 12）

过安庆

携来诗客上江楼，一塔凌空忆旧游。
春雨潇潇东逝水，难寻梦里获芦洲。

(1996.5)

南归路上四首

（一）

八分葱翠二分红，淡瘦浓肥自不同。
一路青山新雨后，诗情早逐酒旗风。

（二）

万绿摇红近酒家，妇姑檐外拣新茶。
浴蚕未听娇声唤，但见清闲栀子花。

（三）

春花不问几时开，排闼群山送绿来。
路转峰回遮不断，苍穹从此绝尘埃。

（四）

盼到南归已落花，枝枝叶叶雨垂麻。
来年树下一壶酒，未到花期人到家。

(1996.5)

张飞庙杂咏

诉衷情·张飞庙

阵前银甲鬓飞霜，露重白旗扬。桃园梦断何处？千里走荆襄。　仇未报，义难忘，国先殇。英名谁许？身在阆中，头在云阳。

七　绝

横江暮色莽苍苍，飞凤山前谒庙堂。
寻遍桓侯何处在？万家灯火对云阳。

五　律

古寺半轮月，青冥一望中。
营中旗正白，江上火通红。
结义堂前树，望云轩外风。
登舟挂帆去，不尽水朝东。

画堂春·助风阁

铜锣古渡水难平，三檐斜对苍鹰。山沉柳暗一天星，江上风清。　何故阁中梦断？何时吹角连营？助风阁上听涛声，心在夷陵。

（1996. 6. 12）

【注】
云阳城川江南岸张飞庙，在铜锣湾口，庙廊有三迭飞檐，象征三结义。结义堂、望云轩、助风阁均为厅堂名。传助风阁上张飞神灵为上水行舟助风三十里。

破阵子·西塞山

已是危峰峭壁，却还苍翠流丹。我自横江拦去路，砥柱惊涛九曲湾。壮哉西塞山！　耳畔旌旗号令，眼前锦幔楼船。古往今来征战事，尽付云中浪底天。千秋掀巨澜！

（1996. 7. 1）

咏长城

遏水飞山万壑奔，敢将血肉铸乾坤。
当关万众一心日，我荐轩辕振国魂。

（1996. 9）

咏八公山

重峦迭嶂铁衣声，草木松风丘壑情。
遥看寿春旌节动，八公山下大潮生。

（1996.8）

为台湾诗友举行笔会

又是团圞明月时，同声同气贵相知。
今宵不写秋声赋，共唱新翻杨柳枝。

（1996.9.28）

赠梅县诗社

南国堆红景物妍，风情占尽是梅园。
彤云大地犹飞雪，已自新雷催杜鹃。

（1996.10）

浔阳楼

浔阳楼上月，曾照大江流。
今夜洪波起，秋风送逝舟。

（1996.10.10夜于九江）

天柱秋色

莫道重阳行色迟,秋山飞渡正当时。
峰头回望层林染,几处丹枫入小诗。

(1996.11)

纪念包拯诞辰一千周年

摇落犹存傲雪枝,庐阳正气似春时。
清涟托出包河藕,只见冰心不见丝。

(1996.11.12)

【注】
传合肥包河之藕无丝(寓意"无私")。

亳州地下运兵道

细雨秋风过药乡,前街后巷说歧黄。
苍生自有华佗在,何必陈兵地下忙。

(1996.11)

【注】
亳州为华佗故乡,有药都之称。地下道传为曹操运兵处。

诉衷情·悼颂扬

几曾幽古登楼,谈笑动江州。千钧一诺明志,何计鬓先秋! 燃地火,驾兰舟,铸心头。潮头推浪,煤海扬波,直砥中流。

(1996.12)

【注】

颂扬先生出访东瀛,遽然辞世。数日前同在九江市浔阳楼上共商煤矿文化大计。

西江月·猪年春节寄海外扬儿

除夕不闻响炮,新正都踩欢球。长街处处画肥头,该着猪官作寿。 送旧不须洋味,迎春莫动乡愁。一杯"孔府"寄欧洲,捎给牛牛他舅!

(1995)

【注】

禁放爆竹,欢乐球应运上市,大家踩球,劈啪过瘾。牛牛为外孙小名。

苏幕遮·广西东兴镇国界桥头缅怀冯子材将军

北仑河,南边郡。天际长桥,灯火东兴镇。两岸青山看不尽,桥下清流,一路粼粼韵。　国家情,臣子恨。桥断桥通,往事凭谁问?漫过硝烟,捷报当传讯!

（1995.12.2）

元日怀乡

依稀别梦向天涯,每度春风不在家。
老马犹知南岳径,童心更恋皖山茶。
雷池漫越云中路,天柱高擎雨后霞。
江畔曾闻子规鸟,京城还见杜鹃花。

（1994 新正）

【注】
汉武帝曾禅封天柱山为南岳。据传,雷池在今安庆市望江县境内。

三岭玉芙蓉

——为江西上饶三清山碑林题诗

神工兼鬼斧，三岭玉芙蓉。
溪水彤云外，峰峦瀚海中。
丹崖留晚翠，碧树走蟠龙。
信美江南地，时时心绪通。

（1994.2.13）

题颜真卿纪念馆

佩剑留青史，俨然立庙堂。
泱泱无俗媚，落落有端庄。
"座位"争纲纪，"哀文"写国殇。
千秋何所重，一笔问青苍。

（1994.2.13）

【注】
争座位帖、祭侄文稿均颜真卿书法之代表名作。

西江月·五大连池火山熔岩凝成石海

不见琼楼玉宇，难凭画栋雕栏。茫茫何处觅青烟？寂寞荒原一片。　　浇得金汤玉沸，铸成铁戟铜鞭。龙蛇狂舞走天边，挥洒行行赤练。

（1994.6）

皖水吟

皖水清波泻，粼粼向晚风。
千回无反顾，归去大江东。

（1994.6）

张恨水先生诞辰百周年

情贯南天柱，文章一世雄。
才思如泻月，为有水长东。

（1994.6.24）

临淄齐殉马坑二首

七　绝

天齐万乘起狂飙，动地嘶鸣锦簇摇。
为有君王爱良骑，至今列阵走萧萧。

贺圣朝

君王霸业凭良御，几千年来去。会当万乘走迢遥，更战旗飞舞。　　繁花摇落，雄风几度。撵车轮无数，不知青史掠行云，写春秋何许？

（1994.9）

忆江南·贺甲戌菊花全国书画展

秋气重，金蕊耀东篱。落叶西风常作伴，世间却有傲霜枝。高洁正当时。

（1994.9）

鸡年感怀

司晨鸣破晓，待月复谆谆。
冠举燃榴火，翎飞耀凤麟。
引吭迎雨雪，守信越冬春。
长啸催君起，声声柳色新。

（癸酉年正月初一）

妙　桥

江苏省张家港市妙桥镇，多年形成羊毛衫市场，吴女心灵手巧，羊毛衫如山花斗艳，异彩纷呈。

吴女喧声过妙桥，花燃叶动水波摇。
九天我自铺云锦，再向星河荡画桡。

（1993．3．21）

中国书协端午笔会即兴作

榴花五月又端阳，词客骚人翰墨香。
不必京城寻曲水，回肠诗韵胜流觞。

（1993．6．21）

兰亭书法节即兴三首

(一)

春日兰亭竟若何,嫣红嫩绿不须多。
崩云削玉来装点,曲水流觞一路歌。

(二)

又是兰亭三月时,无声曲水贵相知。
清流送酒人微醉,此老心中合有诗。

(三)

造化争衡笔一枝,风云跌宕任驱驰。
纤毫尽处连寰宇,四海包容君可知?

(1993.3.25 兰亭)

九锅箐一日二首

(一)

渝州花木盛,初上九锅箐。
松密涛声远,林幽诗韵生。
有山皆翠盖,无水不晶莹。
雾满茶山麓,村鸡破晓鸣。

(二)

雾重林间路,云中望翠屏。
清风来惠我,香满九锅箐。

(1993.6.29)

咏奉节草堂

瑞气升腾夔子乡,会当诗圣写华章。
城头白帝披晨雾,溪畔黄花染晚霜。
遗韵千回吟滟滪,壮怀万仞走瞿塘。
红墙碧树蓝天映,不尽风情一草堂。

(1993.7.7,舟中)

托孤堂前

青松掩映托孤堂，把酒临流意绪长。
征战何言唯五虎，忠纯岂道只关张。
荆襄志满由刚愎，吴楚家残合败亡。
万壑千峰同慨叹，废兴只得问沧桑。

（1993.7.6，奉节）

纪念林散之先生五首

颂"三痴"

三痴尽处是三知，悟到知时是绝时。
三指悬钩涵造化，三分入木自宗师。
云山一万八千路，心血二千五百诗。
物外神形天外法，风骚独领岁寒枝。

墨水青山

独倚高楼上，云天玉露浓。
寒灯留晓月，夜雨待晨钟。
墨水三千斛，青山一万重。
神机贯今古，掩卷向青松。

古朴纯真

疏雨彤云寄此身，韶光不掩画堂门。
无沙也是锥行迹，有水皆成屋漏痕。
且向精微求浩漫，翻从古朴悟纯真。
空灵散草长留世，气古神清万载春。

江上春秋

散木山房江上村，青山黄卷度晨昏。
风霜雨雪毫峰聚，笔底惊雷气象吞。

鹧鸪天·诗魂

风雪江村难自珍，唯将淡墨写精神。疏林寒夜独蒙被，细雨秋灯且闭门。　衣带缓，性情真，三痴第一是诗魂。枝枝叶叶寻常事，直为生灵道苦辛。

（1993. 8. 1）

为相声节而作

不用高歌不拨弦，无需长袖舞翩翩。
乾坤大戏一张口，入木三分苦辣甜。

（1993. 8. 7，合肥）

扬州垂钓

且效垂翁不弄舟,一心只恋水村幽。
天光醉降红莲雨,云影摇生白露秋。
暑气难求清气爽,虫声未掩市声稠。
忘机曷似渔竿起,我自陶然天一陬。

(1993. 秋)

安庆黄镇纪念馆三首

黄镇同志集军事家、外交家、艺术家于一身。家乡安庆有纪念馆落成。参加开幕盛典,感而赋之。

(一)

良弓明甲未收藏,更有如椽醉笔扬。
点染江山无限意,丹青翰墨溢天香。

(二)

战地归来感物华,惊风骇雨看天涯。
耕耘犹有生花笔,漫写心声著彩霞。

（三）

征衣未拂旧时尘，又自扬鞭跨国门。
鼙鼓不闻烽火在，将军百战耀民魂。

（1993.9.14）

癸酉年中秋望月偶得

半世匆匆不说愁，归来心系大潮头。
市尘昨日喧如马，银汉今宵碧似油。
一抹清光当对酒，三分寒色更登楼。
暮云已自悄然去，澄澈中天好个秋。

（1993.9.30）

尼罗河组诗八首

尼罗河怀古

帝业辉煌尽，哀歌动地吟。
金沙难记世，片石可铭心。
大漠惊天远，苍烟映日沉。
尼罗无反顾，浩荡到于今。

【注】
尼罗河西岸卢克索有美姆侬神像，由于晨昏温差、沙漠风流，常发呜咽之声。石像修后已不复闻。

金字塔

（一）

千秋何处论枯荣？人面狮身唱大风。
不尽尘寰多少事，烟云片石梦魂中。

（二）

嶙峋巨石接苍穹，不是神仙造化功。
吹尽狂沙青史现，苍生重负总无穷。

（三）

不问苍生奉鬼神，风云万世总沉堙。
可怜十万沙中骨，应是当年垒石人。

踏莎行·踏沙行

别样蓝天，依然轻雾，黄沙已是千秋处。更堪撑起夕阳红，无金却胜金银铸。　　人面狮身，琴心剑目，匆匆任尔风吹露。似闻听——铁马铜戈，只消得寝陵无数。

忆秦娥·金沙路

云天雾,尼罗河畔金沙路。金沙路,风光万顷,请君留住。　荒烟大漠垂帘幕,斜阳阅尽低吟诉。低吟诉,千秋一瞬,壮怀难驻。

亚历山大吟

明珠生海上,窈窕嫁新娘。
石柱穿千古,塔光透五洋。
深宫传旧事,古堡换时装。
咫尺丝绸路,"黎轩"寄意长。

【注】
亚历山大城有"地中海的新娘"之称。石柱、塔光、深宫分别指萨瓦里石柱、亚历山大灯塔及夏宫。两千年前中国即有称非洲埃及为"黎轩"的记载。

塞得港

碧水蓝天塞得城,明珠海上灿如星。
波平浪静运河水,洗尽硝烟一抹青。

（1993.12,埃及）

马来西亚纪行四首

忆秦娥·马六甲风情

春深处，繁花碧草无寒露。无寒露，堆烟似雾，绿椰如柱。　　金男玉女天朝渡，雄风三宝西洋路。西洋路，楼船争发，一天鸥鹭。

前调·春离去

留春住，南瀛无奈春离去。春离去，飞花泼火，密林飘雾。　　椰风蕉雨参天树，留春不得空行路。空行路，煎沙烂石，凉阴何处？

南国花事

在科伦坡，马来西亚朋友热情以花事相告，车行各地多见者为木槿、扶桑、胡姬。诗以记其盛。

占尽风情木槿飞，扶桑犹胜杜鹃肥。
榴莲吐蕊难知返，何处云天唤玉妃。
一枝团扇向天穹，曳曳摇摇自有风。
弼马温公云里坐，椰桃轻取笑瑶宫。

（1992.3）

鹧鸪天·骊山遐思

唐韵秦风扑面开，骊山东望总萦怀。烟霞明月当无改，记取江山盛与衰。　　烽火路，荔枝来。霓裳鼙鼓自堪哀。千秋忠义凌烟阁，应属张杨兵谏台。

（1992.7.6，临潼）

罗霄山麓

——赠江西天河煤矿

何处诗情画意多？罗霄翘首向天河。
"飞流直下三千尺"，半是乌金半是歌。

（1992.9.16）

西江月·贺安庆黄梅戏艺术节

激越龙山凝重，温柔皖水清纯。天歌泥土一炉春，三载绕梁余韵。　　荡气轻烟薄雾，回肠流水行云。丝弦玉管正纷纷，四海心心相印。

（1992.9.24）

日本柳川十二桥三首

（一）

柳川路上暮云多，秋色秋声秋水河。
万缕青丝愁木落，丹枫一点伴渔歌。

（二）

漱玉微澜荡画桡，他乡一样柳丝摇。
扬州廿四桥头月，一半分来十二桥。

（三）鹧鸪天

碧玉清流映钓蓑，柳川路上有吟哦。青丝万缕春情重，丹桂几枝秋意多。　　烟雨路，老人河。半川秋水一船歌。沧桑往事何由寄，尽付撑篙逐逝波。

（1992.10.9）

【注】
在日本游柳川十二桥。小桥流水，舟行其间。有七十八岁老人撑篙，口唱渔歌。此中秋游，秋意多矣。

考拉即兴

桉树枝头隐此身,懒移莲步醉无闻。
凡间琐事难穷尽,且向蓝天卧白云。

(1992.10.16,澳洲布里斯班)

中国书法家协会迎鸡年笔会

欲晓金鸡待曙霞,一庭春色向天涯。
飞毫重墨深情寄,便有隆冬万树花。

(猴年腊月二十六日)

在布鲁塞尔过中秋

今夜清光问几何?中秋异域看婆娑。
低吟子美怀乡月,仰唱东坡把酒歌。
摘取圆蟾寻玉兔,重磨飞镜照姮娥。
中天桂影今犹在,应是金波故国多。

(1991.9.22)

西江月·西欧喜逢我太西出口煤到港

　　君本汝箕沟外,他居古拉本川。山行水宿并风餐,万里大洋彼岸。　　根特"多美"来访,鲁昂"优雅"当关。一炉新火耀蓝烟,相识似曾相见。

（1991.9,布鲁塞尔）

【注】

　　我太西煤出口西欧。九一年秋访欧时,分别在法国鲁昂港及比利时根特港,喜逢"优雅"、"多美"两船到港卸煤。乌金涉海,万里增辉,同行者有煤产地（宁夏汝箕沟矿和内蒙古古拉本矿）的企业家。在异国见到本矿的煤,备感亲切。乃有记之。

五指山途中

　　绰约仙姿缥缈间,轻岚薄霭弄云烟。
　　闲伸五指半遮面,笑对群峰漫拂弦。
　　雨后茶山翻碧浪,风中椰子荡金船。
　　只缘叠嶂擎南国,方得明珠耀海天。

（1991.10.21）

贵池风情

秋水齐山放眼收,杏花村外月如钩。
牧童指处家家雨,莫把池州当并州。

(1990.4.17)

【注】
庚午春深,返乡途中过贵池,游杏花村古址。与友人谈及杜牧《清明》诗。有人尝以某酒厂为诗中杏花村指处,实属大谬。幸经学者多方考证,早已澄清正名。盖世人嗜酒,对名酒投以青睐,亦属情理之中。有感于斯,即席赋七绝,不敢晓谕世人,实为多余的话。

游黄龙而未能登顶,引憾而发

瑶池应在世间寻,翘首星槎不识君。
既赐尘寰形胜地,还须为我驾仙云。

(1990.9.29)

采矿五零级同学聚会于徐州感赋

四十风云易,春秋绘彩霞。
丹心熔赤县,铁臂铸中华。
煤海一腔血,神州万朵花。
白头春不老,翘首向天涯。

(1990.10.29)

九寨沟组诗三首

诺日朗旅次

红豆无言花自香，紫萝窗外映扶桑。
秋声伴得涛声起，一带山泉唱夕阳。

红豆遐思

山前红豆育繁枝，九寨秋光共此时。
若得天公浑一撒，世人从此尽相思。

九寨水

腾空银练玉波兴，跳彩飞珠百媚生。
万籁人寰皆寂静，但听裂帛滚雷声。
千军拔地动干戈，万马飞鬃渡玉河。
险寨雄关何所惧，踏碎银波唱凯歌。

（1990．10）

戏马台怀古二首

（一）

寒烟老树伴秋桐，一曲悲歌唱大风。
昨日止戈临汉界，今朝绝命谢江东。
重瞳台上观鞍马，长剑河边别渡翁。
再宴鸿门仍送客，至今不悔霸图空。

（二）

金风落寞一低徊，万木萧萧浸客怀。
把酒凌虚哀霸业，临风弹剑悼雄才。
豪强何必言成败，青史由来重盛衰。
填尽乌江重戏马，千秋褒贬上高台。

（1990.10，徐州）

【注】
戏马台在江苏省徐州市城南，为古项羽戏马场所。据传项羽眼有双瞳仁。戏马台今修建公园，内有沙孟海书《秋风戏马》石碑。

栖霞丹枫

——题赠丹霞楼

丹霞楼为南京煤矿工人疗养院老干部楼，面对栖霞山。八六年为之起名并题写楼名。三年后重来题七绝一首。时在庚午秋深，栖霞山枫叶如丹。

清霜老木展芳华，大业艰辛岂有涯。
未必秋风尽萧索，丹枫如火对栖霞。

（1990．10）

安庆市黄梅戏二团慰问在京老乡，感赋

耳畔乡音绕，寒冬暖意来。
清歌萦古塔，俚语动高台。
大业羁游子，长天举酒杯。
曲终人已醉，余韵共徘徊。

（1990．12．9）

溪水流霞

——赞黄梅戏并赠韩再芬

疏雨轻岚泥土家，朝如溪水暮流霞。
清云淡月常相伴，春在村头荠菜花。

（1990.12.14）

水调歌头·寄海峡彼岸表兄

游子今何在，翘首向南天。几番秋老春去，何日是归年？寂寞胭脂巷口，风雪登云坡外，无处不魂牵。渴饮菱湖水，梦断盛唐湾。　　振风蠹，江涛涌，怎成眠？青春犹在，归去结伴大江边。飞跨海天万里，只盼相逢一笑，跃马莫离鞍！剪烛西窗下，共唱月儿圆。

（1989.3.30）

【注】
　　故乡安庆，振风塔矗立长江之滨。塔影横江，梦魂萦绕。脂胭巷为表兄故里，登云坡小学乃儿时母校。睽违四十年后得通音问，欣喜之余，以水调歌头一阕寄赠。安庆江域，古称盛唐湾。

渔家傲·沙漠钻塔

　　二月餐风春雪霁,惊寒飞鸟栖无地。恍似胡笳声渐起。昏漠里,孤房铁塔依天际。　　一杆红旗家万里,天荒野阔心难易。志在地深千尺底。魂梦系,佳音喜报侏罗纪。

(1989.3)

【注】
　　灵武煤田在宁夏大漠荒烟之中,地质队如沙海之孤舟。然红旗高举,尖兵踊跃,感而记之。侏罗纪为含煤古地层名称。

张家界纪行三首

西江月·金鞭溪

　　脉脉一泓寒碧,盈盈十里幽香。溪溶山色对斜阳,掩映四门烟障。　　不尽峰回路转,依然水曲廊长。雄鹰击浪向何方?遥指洞庭湖上。

鹊桥仙·夫妻岩

彤云烈日，飞禽猛虎，野旷滂沱雨注。腥风苦雪笑相迎，奈何得、坚贞如故。　　灵犀一点，心通神会，胜却缠绵倾吐。情连地久并天长，更依傍、朝朝暮暮。

黄狮寨

十里黄狮十里营，土家苗寨请长缨。
三千刀剑穿云雾，不是金戈铁马声。

（1989.4）

庐山晴雪

雪照匡庐霁，山村绕白沙。
千峰含秀木，万树绽银花。
平野无纤垢，高天有碎霞。
苍穹原素净，何必染铅华。

（1988.1）

天山风情三首

游天池

碎玉流霞一鉴开，山光雪影映瑶台。
无须八骏飞蹄奋，万乘千车接踵来。

天山深处迁牧

缓辔收鞭日影长，云边马背负毡房。
小羊伫望他方客，邀我同行水草乡。

如梦令·绿染天池

水是云中芳草，山在松间环抱。莫道苦流连，风摆柳枝窈窕。　　知了，知了，绿染苍穹添俏。

（1988.9）

大阪吉兆酒家

　　吉兆以文化酒家名闻遐迩。是夕，每客席前均有枫树一枝，艳红流丹。此处秋意犹胜窗外也。

　　一夕丹枫一席秋，溢芳流彩有名楼。
　　东翁善解邻家意，借得金风作胜游。

（1988．11）

咏洛阳街书

　　洛水盛来胜墨香，通衢犹可作书章。
　　时人不写《三都赋》，撒玉铺金满洛阳。

（1987）

【注】
　　在古都洛阳开书法会。清晨每见一老人以自制大笔醮清水在大街上作书，洋洋洒洒，蔚为大观。

元宵后登衡山

　　微雨三湘起嫩寒，鱼龙长夜舞阑珊。
　　祝融顶上新溶雪，春在南天万仞端。

（1986．2）

长江抒怀四首

朝发而不见白帝

清晨过白帝城，披衣起观，奈何江天云海，曙色未开，白帝城隐而不见。

江天无际正苍茫，雾里孤城有庙堂。
蜀主若非哀失策，何须白帝隐瞿塘？

孔明碑

叠嶂重崖百丈渊，名川依旧勒燕然。
鞭长难止桃园泪，千载夷陵泣杜鹃。

万县灯火

夜宿云中雾里城，银河忽报动刀兵。
瑶台神将挥金斧，溅落人间万点星。

神女峰

才披残月过群峰,又沐朝霞映彩虹。
望尽征人云黯黯,迎来归棹雾朦朦。
曾闻盛世三春艳,始别瑶池一梦空。
壁立含情浑不语,乡愁此刻两心通。

(1986.3)

【注】
神女峰即望霞峰。神女壁立山巅,俯视归舟,刻下与我乡心通也。

母校北洋大学觅踪二首

(一)

旧园萦绕梦魂中,杨柳青青小径东。
最是多情桥下水,却依桃李沐春风。

(二)

庭园无改昔时面,绕过新楼觅旧楼。
朗朗弦歌犹在耳,当年学子鬓先秋。

(1985.8.22)

浪淘沙·母校安庆一中八十大庆

皖水汇长江,源远流长。八旬华诞忆沧桑。一跨龙门春色满,桃李芬芳。　　归去莫彷徨,魂梦牵肠。童心留取少年狂。华发频催人奋起,虎跃龙骧。

(1985. 12)

【注】
一中在安庆市龙门口。

江城子·怀乡

由来故土自牵肠。费思量,忆沧桑。风雨江城,弹指鬓飞霜。又是一年杨柳色,青草绿,菜花黄。　　小楼昨夜又新凉。好秋光,暖斜阳。桂子流丹,塔影正拦江。最是横斜疏影处,星斗照,腊梅香。

(1984. 9. 27)

蝶恋花·故乡行

楚尾吴头扬子绕,形胜东南,皖水龙山笑。如画乡关添窈窕,何须天外寻芳草。　　江国风清人未老,游子归时,落叶秋风扫。莫为镜中霜鬓恼,晴川满目天犹晓。

（1984.12）

忆秦娥·苏格兰风情

寻春去,飞花五月车行路。车行路,肥羊绿草,扁舟轻雾。　　斜风细雨溪山树,微寒料峭春迟暮。春迟暮,苍烟城堡,夕阳归处。

（1983.5 访英途中）

咏　煤

万载苍茫沉睡中,当年应是碧葱葱。
只求人世春常在,化作烟尘炼彩虹。

（1982 春）

会同窗登泰山

弦歌犹在耳,霜鬓复重逢。
烟水同窗语,云霞赤子踪。
齐歌添意气,鲁酒壮心胸。
翘首苍茫处,青山第几重?

(1981.9.6)

赌城有感

——访美诗钞之一

造物无情世上愁,偏从地面点沙洲。
熏风着意临荒野,霓彩精心染翠楼。
信妇虔诚求日夜,善男矢志继春秋。
州公无尽翻新意,遍设金钩钓岁收。

(1978.9)

【注】
拉斯维加斯为美国内华达州沙漠上的繁华都市,四季开赌,游人如织,必欲倾囊于此而后快。

登泰山二首

十八盘

升仙坊下莫流连,盘上风云路八千。
长剑斩云今在手,劈开烟雨向南天。

磴道千寻

仙山有径不求仙,岩壑松涛悟宿缘。
非是逸情探归隐,千寻磴道白云边。

【注】
从"升仙坊"上"十八盘",经"斩云剑"即达南天门。

(1981.9)

黄河古渡

清风夕照看飞流,霞彩浓妆古渡头。
青史神州谁与论,须听黄水送行舟。

(1978)

姑苏行

霜飞阒寂觅啼乌,远似钟声近已无。
了却儿时吴越梦,听涛一夜到姑苏。

（1964.5）

枫桥夜伫

觅得姑苏昔日踪,更寻渔火月溶溶。
霜天伫立桥头夜,端为寒山寺里钟。

（1964.5）

后　记

十七年前，《梁东自书诗词选》行将付梓，启功先生允为题写书名。当时在场的一位朋友向我建议："你再出诗词选时只要去掉'自书'两个字就可以用了"。先生说："那何必，到时候再写嘛！"果然，不久，先生又为我的诗词选《好雨轩吟草》题写了书名。今天，当我面对这一本即将付梓的诗词作品稿时，想起了我十分敬重的良师启功先生，怅然若失。决定放弃了用《好雨轩吟草续编》的书名，而用《梁东诗词选》，并真的采用那位朋友的建议，把历史和今天衔接起来。这是难以忘却的纪念。我想，先生在天之灵也会颔首。

霍松林先生以八十七岁高龄，不顾劳累，为这本诗词选写了序言。同时考虑到本书还选辑了《好雨轩吟草》中少量诗词作品，于是把欧阳中石先生写的序言同时辑入。两篇序言字里行间充溢着深厚的情谊。每读常有暖流于怀。这样安排，也是想表达对两位良师益友的感谢之情。

付梓前夕，好友朱继明、关瑞卿两位先生，考虑到我的忙乱，为我解忧，主动校阅诗稿。一位是病初愈时，一位正逢南方大雪降温，拥被呵手而为之，令我感动不已。深谢深谢！

是为记。

2010 年 3 月